D0951118

LE SOLEIL DU LAC
QUI SE COUCHE

J. R. LÉVEILLÉ

LE SOLEIL DU LAC QUI SE COUCHE

roman

Agrémenté de six tableaux de
Lorraine Pritchard

LES ÉDITIONS DU BLÉ

Les Éditions du Blé remercient
le Conseil des Arts du Canada et
le Conseil des Arts du Manitoba
de l'aide accordée à notre programme de publication.

L'auteur tient à remercier le Conseil des Arts du Manitoba qui a
appuyé son travail.

Certaines anecdotes de *Le soleil du lac qui se couche* relèvent du corpus zen-bouddhiste, d'anciens textes chinois ou de chants traditionnels amérindiens et ont été rapportées par divers auteurs qui les tiennent souvent d'autrui. Elles ont été citées, traduites, adaptées ou fortement modifiées aux fins de ce roman. La plupart de ces anecdotes apparaissent dans diverses publications, mais on peut retrouver entre autres : « Le Sexe de la femme » dans *Wild ways - Zen poems of Ikkyu*, translated by John Stevens, Shambhalla, 1995; « le sens de proportion » de John Big Sky Carpenter, et « l'histoire de Kakua » dans *Zen Flesh Zen Bones - collection of zen and pre-zen writings* compiled by Paul Reps, Anchor Books-Doubleday, 1989 ou Tuttle Publishing, 1998; le « chant chippewan » est extrait de *Partition rouge* par Florence Delay et Jacques Roubaud, coll. Sagesses - Points, Seuil, 1988; « la vie de Wang Mo » dans *Vide et Plein*, par François Cheng, coll. Essais - Points, Seuil, 1991. N'ayant pas consulté les originaux anciens, je tiens à souligner l'apport de ces auteurs et à remercier les maisons d'édition qui ont donné leur accord. J.R.L.

Concept et direction graphique : Bernard Léveillé

Couverture : *Émergence* (détail), techniques mixtes sur *washi*
        Lorraine Pritchard, 2000

Photos des oeuvres : Ernest P. Mayer

Les Éditions du Blé
C.P. 31
Saint-Boniface (Manitoba) R2H 3B4

Données de catalogage avant publication (Canada)
Léveillé, J. R. (J. Roger), 1945-

    Le soleil du lac qui se couche

    ISBN 2-921347-64-4

    I. Titre.
PS8573.E935S64 2001 C843'.54 C2001-910296-8
PQ3919.2.L3977S64 2001

pour Étienne Gaboury
pour la communauté de Saint-Laurent
pour tous mes amis du Manitoba

Les outardes
passent
où les ouaouarons
demeurent

1

J'avais vingt ans lorsque j'ai rencontré Ueno Takami, le poète japonais. Certains disaient que c'était un moine, d'autres qu'il avait une épouse et deux enfants, d'autres qu'il était président d'une importante entreprise d'importation nipponne.

La vérité sur ces choses-là, je ne la savais pas alors; je l'ai apprise par la suite.

2

Il y a bien des années de cela. Je suis maintenant beaucoup plus vieille, mais cette histoire tinte toujours en moi aussi clairement qu'une cloche dans le ciel vide.

3

J'aimerais pouvoir dire que je l'ai rencontré à sa cabane dans le Nord du Manitoba. Quelque chose de mystérieux se passe lorsque vous arrivez à l'improviste devant un feu de camp.

Mais non! Je l'ai rencontré à Winnipeg dans une galerie d'art, lors d'une exposition d'un artiste cri.

4

Il m'a surprise en train de le regarder. Il avait un visage osseux, un peu ridé par l'âge, comme basané, mais avec l'apparence de la santé. Il portait de vieux jeans, des bottes de travail et un merveilleux tricot noir à col roulé qui faisait typiquement japonais. Surtout il avait ces yeux qu'on dit de charbon, pleins d'une retenue exubérante. C'est un état que je suis venue à connaître.

Dès qu'il m'a aperçue, il est venu vers moi et m'a dit : «Toi, tu es Métisse.»

5

Quel sourire! Je me suis mise à rire de sa remarque. «Ça, a-t-il ajouté, c'est ton côté indien.»

Nous nous sommes serré la main.
- Angèle.
- Ueno.

6

Je ne sais pourquoi, mais sur le coup mon regard s'est dirigé vers la vaste fenêtre au fond de la salle, sur le panorama du ciel déclinant. Un immense sentiment de mélancolie montait en moi avec le bonheur de ce coucher qui pouvait être éternel.
- Ça, a-t-il dit, c'est ton côté blanc.

Il avait bien raison.

7

Le lendemain, j'ai été réveillée par le téléphone. C'était ma sœur. Une lettre de l'université était arrivée chez ma mère. J'avais fait une demande d'admission à la faculté d'architecture.

- Veux-tu que je l'ouvre?

J'hésitais. La ligne de téléphone me semblait une corde raide. J'espérais, je craignais. Est-ce que je ne préférerais pas ouvrir la lettre dans l'intimité de mon appartement?

- Vas-y. Fais le saut.

J'ai senti l'étrangeté de l'expression «saut». C'est un goût intérieur et une toute autre image qui m'avaient convaincue, ou poussée à vouloir me lancer en architecture.

J'avais vu à la télé un documentaire sur les constructeurs de ponts et de gratte-ciel. On disait que les Indiens d'Amérique n'avaient pas peur des hauteurs et possédaient un excellent équilibre. Je m'étais vue marchant allègrement sur une poutre d'acier dans le bleu du ciel.

Il faut croire que l'idée que je me faisais de l'architecture était cette suspension du vide à mes pieds.

8

- Bon. Bien...

Je n'avais toujours rien dit.

- Tu sais, a-t-elle poursuivi, j'ai fait un rêve à ton sujet hier soir.

- Au sujet de la réponse?

- Non. Tu te promenais dans un sentier boisé avec un vieillard.

- Pas vrai!

Un frisson étrange, comme le bleu métallique de la nuit qui vient, m'a traversée.

- Non, pas un vieillard vraiment. Bien peut-être. C'était une personne plus âgée. Presque un vieillard. Mais en même temps, il semblait jeune.

Les rêves de ma sœur avaient une façon de se réaliser.

9

- Et la lettre?

J'avais oublié cette missive lorsqu'elle s'était mise à me raconter son rêve.
- Je passerai la prendre.
- En tout cas, fais attention à ta vie sentimentale.

Elle s'est mise à rire.

10

Mon père nous avait quittées lorsque j'avais cinq ou six ans. Je ne l'ai pas revu depuis.

J'avais conservé un souvenir de lui. C'est-à-dire que ma mère me l'a laissé. Une griffe d'ours tenue en pendentif par une lanière de cuir.

J'ai sorti le collier de la petite boîte à cigares où je conservais mes bijoux. Je me suis regardée dans le miroir. Je l'ai attaché.

Je me suis habillée rapidement. J'avais soudain une envie de me promener dans les rues de Winnipeg.

11

En marchant dans les rues ensoleillées du quartier Exchange, près de la Main, je n'ai pu m'empêcher de penser à ma mère qui nous baladait ma sœur et moi non loin de là, lorsque nous étions toutes jeunes. En poussette, à bicyclette ou à pied, selon l'âge.

Nous avons habité de petits appartements dans les rues Furby, McDermot, Bannatyne. Nous n'étions certainement pas riches, ma mère gagnait sa vie comme employée de soutien à l'hôpital du Centre des Sciences de la Santé, à quelques minutes de toutes ces demeures que nous avons occupées près du centre-ville. Mais je ne me suis jamais sentie pauvre.

12

Quelques jours plus tard, je me suis réveillée en sursaut. Non pas d'épouvante. Mais comme si l'éveil était venu de l'intérieur de mon rêve et m'avait propulsée dans le grand jour éclairé.

C'était sans doute en raison de ma promenade de l'avant-veille, car dans mon rêve la fontaine de pierre de Central Park, qui n'avait pas fonctionné depuis longtemps, jaillissait. Jaillir, c'est peut-être un peu fort. Elle coulait. Elle n'avait jamais rien fait d'autre que couler. Mais cet écoulement à la suite de son silence semblait une véritable projection.

La fontaine était merveilleuse, il faisait soleil et j'avais été acceptée à la faculté d'architecture.

13

Ce matin-là aussi je me suis habillée rapidement. C'était contraire à mes habitudes. D'autant plus que j'avais quelques jours de congé. Il y a un côté organisé chez moi, mais d'ordinaire je traîne.

Y ayant tant songé, j'ai décidé d'y remettre les pieds. Je me suis dirigée vers Central Park.

Je n'étais pas pressée, mais c'était... comment dire? Comme si j'avais une mission.

14

J'avais bien sûr vu le parc au cours des dernières années. En passant en auto, de loin. Sans vraiment y porter attention.

Il avait changé. La belle clôture de fer forgé noir avait disparu. Le parc était plus ouvert, plus «nouveau», moins intime qu'il m'avait semblé dans mon enfance. Les sentiers mieux délimités, mais moins avenants... moins sauvages... moins nature. La fontaine ne fonctionnait toujours pas.

Il y avait encore quelques vieux qui jouaient aux dames. Mais davantage d'ivrognes étendus par terre ou couchés sur un banc.

Et Ueno!

15

- Tu as une bonne mémoire, a-t-il dit.

Comment oublier ce nom.

Il était assis sur un banc. Près de la fontaine.

J'étais presque arrivée à sa hauteur lorsque je l'ai aperçu. Et dans ma surprise, j'ai laissé tout bonnement échapper son nom.
- Ueno!

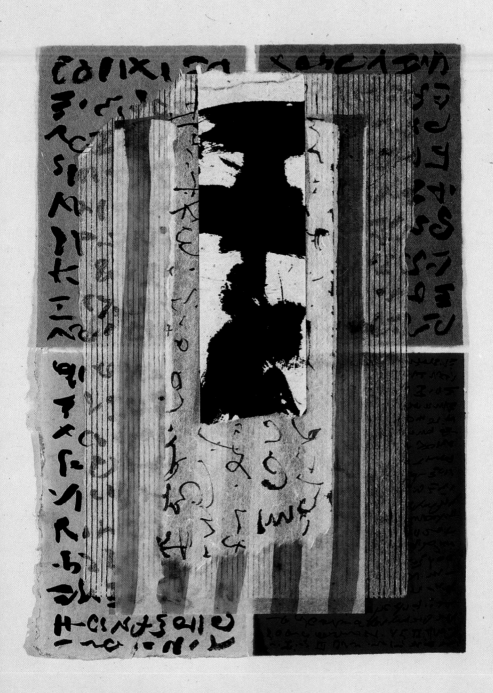

Je crois que je ne connaissais pas alors son nom de famille. Par habitude, j'aurais dit monsieur, surtout devant une personne plus âgée que moi. Quelque chose comme : Ah! bonjour, monsieur.

Mais j'ai été si surprise.

- Excusez-moi, j'ai été surprise de vous voir là et de vous reconnaître, et je ne vous ai pas salué convenablement.

- Moi non plus.

Et j'ai commencé à rire.

- Ah! ma petite Métisse, a-t-il ajouté.

- Mais vous ne me demandez même pas si je le suis.
- Vous me l'avez confirmé l'autre soir au vernissage.
- Même alors vous l'avez affirmé.
- Mais vous l'êtes.

Il ne souriait pas, mais le sourire était partout sur son visage.

Normalement j'aurais été un peu gênée et j'aurais baissé les yeux. Car personne auparavant ne m'avait appelée Métisse sans provoquer chez moi un sentiment de honte.

La foule du midi commençait à envahir le parc. Certains pour manger leur sandwich, d'autres pour se promener par cette belle journée de printemps.

- C'est dommage pour la fontaine, ai-je dit.

- Je ne trouve pas. Il y a une beauté dans l'incomplet.

Je ne sais pourquoi, je me sentais alors comme si j'avais le corps d'une jeune fille. Comme celui de cette enfant qui se promenait avec sa mère.

19

- Vous croyez?
- Non, je le sais, a-t-il précisé tout simplement.
- Qu'est-ce qui vous fait dire cela?
- Tout.

Puis je me suis souvenue de mon rêve et tout est rentré dans l'ordre. C'était une ordonnance dont j'ignorais les clés. Mais un grand apaisement est descendu sur moi.

20

Nous avons dû nous quitter peu après. Il m'a laissé entendre qu'il était appelé ailleurs.

Il portait de vieux jeans tachés de peinture, des bottes de travail, un t-shirt blanc. Je n'avais pas remarqué la première fois à quel point ses cheveux grisonnaient.

- Tu n'es pas mélancolique aujourd'hui, a-t-il dit en me quittant.

21

J'ai pris sa place sur le banc. Je suis restée assise là un long moment dans une espèce de stupeur bienveillante.

Je ne sais pas au juste quel effet me faisait cet homme. Lorsque ma sœur me rendait heureuse, j'avais un sentiment de jets rosés. Quand j'étais bien avec ma mère, je percevais une nuée bleuâtre. Avec Ueno, j'étais envahie par une espèce de blancheur transparente.

Je me suis rappelé la fois, peut-être la seule avant qu'il nous quitte, où j'ai accompagné mon père à la pêche : les reflets argentés des poissons dans l'eau claire.

22

Ce soir-là, j'ai dîné chez ma mère avec ma sœur. Une grande torpeur s'est emparée de moi et je me suis endormie à table.

- Dors-tu, Angèle?
- Mm-hmm...

Sans que je sois fatiguée, tout mon être était assoupi. Pas seulement mon corps, mon esprit aussi.

Je suis allée m'étendre sur le sofa.

- Elle a dû trop fêter hier soir...

Je les entendais parler avec tant de légèreté et d'intimité dans la cuisine.

Je ne faisais pas l'effort de les écouter, mais j'aimais les entendre. Je m'étais fixée sur le charme et le rythme de leur conversation pour m'assurer que, bien que consciente, j'existais.

23

Le lendemain, je devais donner un coup de main à mon ami Aron qui préparait une installation au centre Artspace.

Je m'étais fait une tasse de café que je terminais et j'étais sur le point de partir quand ma mère est apparue dans la cuisine. Elle avait la tête tout ébouriffée, d'un beau marron. Elle m'a demandé :
- Tu as bien dormi?

Je ne sais pas pourquoi, j'ai répondu :
- Oui.

C'était la vérité en somme.
- Tu m'excuses, il faut que je me sauve. Je suis en retard.

24

Je lui ai raconté cette espèce de nuit sans sommeil que je venais de passer. J'avais l'impression d'avoir entendu ma mère et ma sœur parler jusqu'aux petites heures du matin, et je me sentais très reposée.
- Je sais, dit Aron. On ne s'en rend pas compte. On croit mal dormir ou rêver toute la nuit. Le matin arrive et on est bien endormi. On a besoin d'un bon café. Et finalement on se sent très bien dans sa peau. Au fond, on entre dans une autre dimension. Le quotidien qui nous entoure se ressemble. Au début, on n'en est pas conscient, mais après coup on voit que quelque chose a changé. Comme si on devenait plus spirituel, un peu plus «esprit», un peu plus fantôme. Cela se passe dans notre corps, il semble y avoir eu une modification moléculaire. Tu veux une autre tasse de café?

J'aimais bien Aron. Parfois je trouvais qu'il exagérait, il avait toutefois une façon innovatrice d'interpréter les choses.

À ce moment, je me suis souvenue d'une bribe de conversation que j'avais eue le soir du vernissage avec Ueno Takami en regardant un des tableaux.
- Beaucoup de gens, disait-il, croient que l'interprétation et même l'expression sont subjectives. C'est tout le contraire. C'est l'objectivité même qui se rend manifeste.

- Comme si l'univers entrait dans notre corps et menait une vie à elle à l'intérieur de nous?

Aron a hoché la tête en versant le café.

Puis j'ai pensé qu'Ueno aurait dit : Non! pas «comme si».

D'où me venait cette certitude qui ressemblait à une voix au sommet de mon crâne?

Les œuvres d'Aron ressemblaient à un vaste champ semé de poteaux totémiques. Il croyait que mon ascendant génétique était magique et il voulait que ma présence inspire son installation. Il avait souvent fait appel à moi au cours de la préparation. Il trouvait que j'avais une beauté inhumaine. «C'est plastique», disait-il.

Les totems étaient composés essentiellement de ces tiges de métal qu'on utilise dans le béton armé. Il y avait enfilé des flotteurs de bois. Il les avait tous ramassés sur les berges du grand lac Manitoba. «Là où ta famille fait la pêche», disait-il en me taquinant. L'usure, la forme, l'âge de fabrication constituaient pour lui des variantes tout aussi chargées de sens que les figures légendaires des grands cultes. Il avait aussi taillé des branches ou de jeunes troncs qui arboraient une présence spiralée à la Brancusi.

Brancusi est un sculpteur qui m'a donné d'extraordinaires idées d'habitation.

Le bois, le fer atteints par les éléments.

J'ai appris qu'au Japon il y a une expression, *wabi-sabi*, qui fait allusion au processus naturel des choses.
- Les choses qui ont la qualité *wabi* ou *sabi*, disait Ueno, sont faites de matériaux et d'éléments qui sont visiblement affectés par le temps et le traitement humain.
- Comme une patine.

Je songeais à ses vieilles bottes de travail.
- Oui. Les choses *wabi-sabi* sont le registre tangible du passage et de l'effet de l'air, du vent, du soleil. La rouille, la décoloration, la déformation, les fissures en sont les caractéristiques essentielles. Pourtant ces choses possèdent un caractère irréductible.

Il me semblait aussi que cette exposition à l'affiche du début de mai à la fin de juin clôturait bien le printemps. Aron était ravi.

De mon côté, j'avais le sentiment que les événements se condensaient autour de moi.

28

J'avais vécu quelques mois avec Aron après avoir terminé mes études secondaires, l'année avant que j'entreprenne des études préparatoires dans l'espoir d'être admise à la faculté d'architecture.

Aron étudiait les Beaux-Arts. Il voulait que je pose pour lui et me citait continuellement des passages mystiques de la Kabbale pour me convaincre.

Je lui répétais que je n'étais pas juive.

Il était cependant comme un sort jeté sur moi et je n'ai pas hésité à emménager chez lui.

29

Je pense souvent à Aron. Nous sommes demeurés de bons amis. J'aime les gens qui s'abandonnent à leur passion.

Nous étions fous l'un de l'autre. Je me souviens que nous nous sommes à peine quittés tout au long de ces mois.

J'ai compris depuis qu'il y a une perfection dans la relation des êtres qui s'aiment. Elle relève du temps et des circonstances, et leur bonheur n'est pas attaché à une permanence.

30

Quand j'ai rencontré Ueno, j'ai cru que mon sentiment pour lui ressemblait à celui que j'avais éprouvé en faisant la connaissance d'Aron. Par contre, Aron était plutôt noir, un peu trouble. Éclatant, avec une ombre. J'aurais aimé lui avoir apporté un peu de calme. Je crains de ne lui avoir donné que l'impétuosité joyeuse d'une adolescente.

Ueno m'a dit une fois : «Même Bodhidharma s'est fatigué d'être illuminé, alors il est sorti promener son singe.»

31

Moi aussi j'avais un côté un peu sombre. Nous nous sommes rendu compte que nous étions meilleurs amis avant d'habiter ensemble. Aussi grande l'effusion, aussi terrassant l'abîme. Nous n'étions pas faits pour être le quotidien de l'autre. Par ailleurs, lorsque nous fixions des rendez-vous, le monde était magique. Je n'ai jamais compris pourquoi, je savais que c'était juste.

32

Cet état de choses n'avait rien à voir avec nos activités ou nos attitudes l'un envers l'autre. Par exemple, si je dormais et que je risquais d'arriver en retard au travail, il ne disait rien. Il me laissait faire. Tout était paisible de ce côté-là. Si nous étions sombres ensemble, plus rien n'allait. Et notre fréquentation domestique multipliait les occasions de nous assombrir. Alors qu'avant, si je décidais de passer la journée chez lui, il ne me renvoyait pas. Il me laissait rester, même si lui devait sortir. Si je venais passer la nuit – je demeurais alors chez ma mère avec ma sœur –, je me glissais dans sa vie sans m'ingérer.

Ce n'est pas que nous étions réservés ou polis. Non. Tout était parfait et tranquille – même dans les bousculades – lorsque nous étions en état de visite.

33

Lorsqu'Aron, au téléphone, m'avait demandé de lui donner un coup de main pour son installation, il avait semblé préoccupé, sombre. Le jour venu, il était plein d'entrain. Peut-être pas absolument certain de tous les choix qu'il avait à faire, mais de très bonne humeur. Était-ce dû à ma présence? Je n'ose pas m'accorder ce pouvoir. C'est ainsi que ça fonctionnait entre nous. La preuve.

34

Je connaissais Aron depuis longtemps. Sans le savoir. Son père tenait la petite épicerie près de la ruelle, lorsque nous habitions aux coins des rues Bannatyne et Lydia. J'avais peut-être huit ou neuf ans à l'époque. J'allais à l'école du Sacré-Cœur, à une rue de là. Aron étudiait à l'école anglaise située en face.

Le soir et les fins de semaine, sa sœur et lui travaillaient au magasin. Lorsque j'avais quelques sous, j'allais acheter des bonbons. Je me rappelle m'être toujours étonnée que ce jeune garçon ait les cheveux aussi roux.

Ce n'est que plus tard, lorsque nous nous sommes rencontrés, que ce souvenir commun nous est revenu.

Il me semble qu'il y avait toujours de bonnes choses dans ce magasin. C'était un véritable bazar.

- Qu'en penses-tu? m'a demandé Aron.
- Oui, c'est parfait comme ça.
- Tu vois, tu n'as rien à faire vraiment. Tu n'as qu'à être là et tout tombe en place.

La sœur d'Aron est arrivée vers treize heures trente et nous avons décidé d'aller prendre une soupe dans le quartier chinois, à quelques pas de là.

Aron n'est pas resté longtemps, car il avait beaucoup à faire et il se sentait emporté par l'élan du travail. Sara et moi sommes demeurées longtemps à parler et à boire du thé.

Tous les autres clients étaient partis; le patron – j'imagine – et le cuisinier s'étaient installés à l'arrière et fumaient.

La serveuse, assez vieille, sans doute l'épouse du patron, est venue à notre table.

Sara et moi relaxions et nous nous amusions comme deux jeunes filles dans un carré de sable.

Elle nous a demandé en semblant hocher la tête :

- *Mo' tea?*

J'avais une terrible envie de pisser.

38

Sara avait six ans de plus que son frère. Elle était pressière dans l'atelier Rinella à Saint-Boniface. J'ai développé une aussi bonne amitié avec elle qu'avec son frère. Elle m'avait acceptée tout de suite quand Aron m'avait présentée.

Sara et moi avions pris l'habitude de nous rencontrer le vendredi après-midi, car l'atelier fermait plus tôt ce jour-là.

J'aimais bien son patron, Frank. Et j'aimais me rendre à l'atelier. J'adorais cette odeur d'encre qui flottait comme une mare invisible.

39

Frank était un petit Italien parfois sérieux, mais toujours jovial et accueillant. Sa voix rauque me plaisait. Il conservait toujours au sous-sol quelques cruches de vin maison.

- L'encre couvre l'odeur de l'alcool, disait-il.

Je n'en étais pas très consciente à l'époque. À mesure que je me suis davantage familiarisée avec la littérature et les écrivains, j'ai acquis la conviction que l'encre couvrait en effet l'odeur de l'alcool.

40

Aron, malgré son côté mystique, était mordu d'existentialisme. J'avais mis la main chez lui sur un Journal de Simone de Beauvoir. Dans ces pages, elle raconte comment, à la fin de sa vie, Sartre cachait la bouteille de whisky derrière les volumes de sa bibliothèque.

41

Frank voulait toujours nous faire goûter son vin. Parfois nous acceptions plus d'un verre. Il nous racontait des histoires du «vieux pays». Il était lui-même né ici, bien après que son père fut venu d'Italie établir le commerce. Soixante-cinq ans que la famille brassait des affaires. Son père avait fait la navette entre le Nouveau Monde et l'Histoire ancienne. Mais Frank racontait tout cela comme s'il l'avait lui-même vécu.

Les jours où nous descendions au sous-sol avec lui, nous remontions et partions fort joyeuses.

L'alcool me faisait un tel effet que je ne pouvais trop en consommer. Frank m'appelait, par dérision, Miss Magnum. Sara, elle, était sans gêne.

Les vendredis où nous refusions son vin parce que nous voulions aller nous balader toutes seules, il nous offrait un cigare.

Nous partions bien sûr les mains vides.

42

J'en viens à la raison pour laquelle je raconte tout cela.

Malgré la modernisation dans le domaine de l'imprimerie à laquelle Rinella avait dû s'adapter, Frank conservait quelques anciennes presses lithographiques et à platine. Je dis Frank parce qu'il a toujours refusé que je l'appelle monsieur Rinella.

Plusieurs artistes et écrivains de l'Ouest canadien et américain venaient faire imprimer chez lui des livres d'art.

Sara opérait une de ces presses. C'est Frank lui-même qui lui avait enseigné le métier.

Ils faisaient un beau couple. Je dis cela dans le sens le plus platonique, car Frank était marié et avait des enfants. Aucun d'entre eux ne s'intéressait à ce commerce et Sara était un peu devenue sa confidente en affaires.

43

En parlant de l'installation d'Aron, j'ai, je ne sais pourquoi, soudainement fait allusion à ma rencontre avec Ueno lors du vernissage de Jack Crow Wing. Je m'étais sans doute demandé s'il fréquentait les expositions – je ne me souvenais pas de l'avoir vu auparavant – et s'il allait venir à celle d'Aron. Sara s'est exclamée :
- Tu veux dire Ueno Takami, le poète?
- Oui. Tu le connais?

44

Il ne viendrait pas à l'exposition d'Aron Levi, mais il allait quand même la voir. C'est une autre histoire que je raconterai plus tard.

- Quelque chose comme ça, a répliqué Sara. Il fait imprimer un livre chez Rinella.
- En japonais?
- Non, en anglais.
- Une traduction.
- Non, il l'a écrit en anglais.
- Ah bon!
- Il est professeur d'anglais à l'université.

      Je ne sais pourquoi, mais cela m'a étonnée.
- Apparemment, c'est un spécialiste de Pound.

      Ça m'a fait rire.

45

- Il est charmant, a-t-elle poursuivi.

      Envoûtant, ai-je pensé.
- Il parle au moins cinq langues. Il s'adresse à Frank en italien.

      Ça ne m'étonnait pas, car nous avions échangé quelques mots en français. Et son anglais me semblait impeccable.
- C'est un livre à tirage limité. Une trentaine de poèmes tout au plus et une dizaine de gravures sur bois.
- Des gravures? Il est artiste aussi?
- J'imagine. Quoiqu'il n'y ait pas grand-chose là. Ça ressemble à des plaques de bois qu'on aurait grattées ou frottées ou striées. Ça fait très...
- Japonais?
- Oui, tout à fait. Taoïste ou quelque chose du genre. Comme des impressions prises à même l'écorce ou le bois.

46

J'étais curieuse, excitée. J'avais toujours envie de pisser, mais cette histoire me tenait en haleine.
- Et ça s'appelle comment?
- *L'Étang du soir.*
- Parce qu'il y a un étang du jour?
- C'est ce qu'il dit, et que les deux sont très semblables. Il affirme pourtant que ce n'est pas du tout la même chose.

C'était bien lui.

47

Soudain, on s'affairait dans la salle. Serveurs et serveuses nettoyaient les tables, remplaçaient les nappes pour la clientèle du soir. L'horloge dans le ventre du grand Bouddha doré indiquait quatre heures. Plus de deux heures que nous parlions de choses et d'autres.

Nous avons payé. Je me suis levée pour aller aux toilettes.

Nous nous sommes quittées sur le seuil du restaurant. Je me suis dirigée vers Artspace pour donner un dernier coup de main à Aron.

Au loin, l'orage grondait.

J'avais toujours faim.

48

Quand j'ai quitté la galerie, il était près de onze heures. Aron m'a invitée à aller manger quelque chose. Ma faim avait disparu. Et j'avais envie de rentrer chez moi. Le gros de l'orage était passé et une pluie fine continuait de tomber. Je demeurais à quelques minutes de là; j'ai décidé de rentrer sous la pluie, presque chaude. C'était inhabituel à cette saison.

Je me suis rendu compte en cours de route que mon esprit avait erré durant tout le temps passé avec Aron. De fait, je n'ai pas dû lui être très «magique» ce soir-là. Il n'a rien dit.

Je n'avais pensé qu'à une chose. Quelle chance Sara avait de travailler avec Ueno. J'étais jalouse.

49

Déjà mouillée, j'ai pris une bonne douche chaude dès que je suis entrée dans mon appartement.

J'ai enfilé le vieux pyjama de flanellette rayée d'Aron que je lui avais piqué lorsque nous nous étions séparés. Il était douillet.

J'ai ouvert la télé et je me suis jetée sur le sofa. Je me suis dit que vendredi prochain Ueno serait peut-être chez Rinella et j'avais bien l'intention d'y passer. Même plus tôt que d'habitude.

50

Je me suis endormie sur le sofa. La télé grésillait quand je me suis réveillée. J'avais fait un merveilleux rêve. Dans une grande forêt de conifères, il se mêlait au cri des hiboux qui résonnait comme

des gouttes d'eau dans une bassine vide, un bruit de petites cloches cristallines. Puis j'ai eu l'impression que mon ouïe se transformait en vision. Je m'éveillais et mon regard – je semblais être tout entière dans mon regard – s'approcha comme un téléobjectif de ces petites cloches de cristal rose et soudain j'ai reconnu que j'étais étendue sous un magnifique cerisier en fleur parmi toute cette tapisserie de verdure.

51

Je me suis levée. Je suis allée prendre un verre de jus de fruits au frigo. À demi éveillée, je me suis rendue dans la chambre à coucher.

J'étais très excitée.

Je ne l'ai pas avoué : ce jour-là, quand je suis allée travailler avec Aron, j'avais une grande envie de faire l'amour. Au lieu, nous sommes allés prendre une soupe, ainsi que je l'ai raconté.

52

Quand je me suis mise au lit, je savais que la vie n'était plus pour moi quelque chose de banal.

Je n'avais pas l'habitude de me caresser moi-même. Depuis quelques années, quand j'avais envie d'être satisfaite, je me trouvais un homme.

Ce n'est pas que je courais les rues. Mais je veux dire que je m'en remettais à mon ami. Ça m'a toujours semblé plus convenable.

53

Ça se voyait peut-être. Je me souviens d'avoir rencontré Ueno quelques semaines plus tard dans la rue près de la gare d'autobus. Il était descendu du Nord dans un car Grey Goose.

Nous marchions l'un vers l'autre. Nous nous sommes serré la main. La première chose qu'il m'a dite, c'est :
- Tu as un bon bassin, toi.

J'ai été stupéfaite par cette remarque, venue à l'improviste. Il a ajouté tout de suite :
- Ça se voit à ta démarche. Ton côté indien, qu'il a murmuré en souriant.

Et je me suis mise, une fois de plus, à rire.

54

En me remémorant cet incident, je vois autre chose aussi. Ce jour-là, c'est moi qui devais faire plus «japonais» que lui. Je portais des collants noirs, un tricot noir à col roulé et des espadrilles couleur moutarde. Avec mes cheveux noirs, droits, j'aurais pu, de loin, paraître nipponne, à la moderne évidemment.

Je dois admettre que ce jour-là j'ai mangé du sushi pour la première fois. J'en reparlerai.

55

Vendredi, je me suis pointée chez Rinella dès treize heures. Frank m'a embrassée sur les deux joues et m'a tout de suite invitée à descendre au sous-sol goûter un nouveau vin qui arrivait à maturité.

Je cherchais Sara des yeux. Frank a dû s'en rendre compte, qui m'a dit :

- Sara va revenir bientôt. Elle est allée livrer des cartes d'affaires chez un client. Karl est absent aujourd'hui, alors elle s'est offerte. Viens boire.

Nous avons pris un verre avec lequel nous sommes retournés dans l'atelier. Le vendredi, Frank montait une bouteille et ouvrait une caisse de bières – ses employés n'étaient pas tous friands du vin en général et des concoctions de Frank en particulier. À la fin de la journée, il y avait, comme cela, une demi-heure de bonhomie. Ça ne durait pas très longtemps, c'était simple et sincère. En général, on aimait bien travailler chez Rinella.

Frank et moi circulions dans l'atelier tandis qu'on nettoyait les presses et qu'on rangeait le matériel. J'avais l'œil avide. Près du poste de Sara, rien qui ressemblait à un livre d'art japonais. Pas une épreuve. Rien.

J'étais déçue.

56

Puis Frank a dit tout bonnement :

- La semaine prochaine le poète Ueno Takami va venir surveiller l'impression de son livre.

Il a dit ça comme s'il tenait pour acquis que je connaissais Ueno.

- Quand ça? ai-je dit un peu nerveusement.

- Tout le week-end. Vendredi, samedi, dimanche. Il va falloir que je fasse du saké, a-t-il ajouté en riant.

Je ne sais pas pourquoi le nom ou la présence d'Ueno Takami avait le don de rendre le monde si jovial.

57

Je devais passer une phase japonaise. Ce samedi-là, je suis allée acheter un beau bocal rond et un poisson rouge.

J'ai placé cet habitat aquatique et le poisson que j'ai baptisé Frankie – non pas pour M. Rinella, mais en honneur de Frank Lloyd Wright – près de mon cactus que j'avais aussi nommé. Il s'appelait Tony. En hommage cette fois à Antonio Gaudi. Sa verticale épineuse me rappelait les spires de la cathédrale de La Sagrada Familia à Barcelone.

58

Dimanche matin, il faisait une espèce de clarté blanche dans la ville. L'air était sec, mais il y avait un très léger voile de nuages qui donnait une patine à Winnipeg, un doré opaque.

J'ai fait une longue promenade jusqu'au quartier italien de la rue Corydon pour prendre un café. Les rues étaient passablement désertes. J'avais l'impression de me promener seule dans une nature de béton. Il y a beaucoup d'arbres à Winnipeg, mais en l'absence de passants, ce sont les édifices, et les rues, et les terrains vagues, et les aires de stationnement qui attiraient mon attention. Malgré tout mon intérêt pour l'architecture, je ne trouvais cela ni particulièrement beau, ni laid. Je veux dire que je ne faisais aucune analyse des formes structurales, je ne portais aucun jugement esthétique. C'était une présence. J'avais, comme je l'ai dit, l'impression de me promener dans une forêt de pierre et de ciment et de verre.

59

Sur le chemin du retour, il y avait davantage de monde dans les rues. J'ai entendu klaxonner. C'était Frank dans sa vieille Cadillac couleur de bronze, aux ailerons tout chromés.
- Monte, a-t-il dit. Je te donne un lift.
Il revenait avec son épouse de la messe à l'église du Saint-Rosaire. La construction de cette église avait soulevé beaucoup de controverses. Elle avait été érigée sur un terrain vacant, mais la paroisse avait acheté plusieurs demeures qu'elle voulait raser pour en faire un parc de stationnement. Deux maisons avaient été démolies avant que les habitants du quartier manifestent et obtiennent l'arrêt des travaux. Le dimanche, les paroissiens stationnent maintenant dans le terrain du supermarché, de l'autre côté de la rue.
Je dois dire que lorsque je songeais à l'architecture, à l'époque, je ne pensais pas à toutes ces questions.

60

- Sofia, tu connais Angèle, n'est-ce pas? Angèle, mon épouse. C'est une amie de Sara, a-t-il précisé en s'adressant à sa femme.

- Bonjour, Angèle.
- Bonjour, madame.
- Où vas-tu? m'a demandé Frank.
- Je rentre chez moi, dans l'Exchange. Tu peux me déposer au coin de Portage et Main. Frank...

J'ai enchaîné impétueusement :

- Est-ce que je pourrais passer la fin de semaine prochaine vous voir imprimer le livre de monsieur Takami?
- Ça t'intéresse?
- Oui, beaucoup.
- Il faudra demander à monsieur Takami, il est spécial, tu sais. Très perfectionniste... Passe vendredi, comme d'habitude. Tu pourras le saluer. Pourquoi ça t'intéresse? Tu le connais? Je croyais que ton affaire, c'était les buildings.

61

J'étais ravie, je flottais, et je savais bien pourquoi; mais étrangement, c'est à autre chose que je pensais : l'église du Saint-Rosaire, l'ancienne.

Ma mère nous y emmenait parfois, ma sœur et moi, assister à la messe des Italiens, comme elle disait.

L'église était alors située à quelques rues de celle du Sacré-Cœur où je faisais aussi mon école. Et je ne sais ce qui la décidait, à l'occasion, d'aller prier au Saint-Rosaire. Certains dimanches, c'est là qu'elle nous trimballait.

Je ne me souviens plus si la messe se déroulait en anglais ou en italien, ou même en latin à l'époque.

Ce que je me rappelle, ce sont les lieux. Une église avec des vitraux, que celle du Sacré-Cœur n'avait pas. À part ça, rien de bien particulier. L'espace était différent, plus intime. Le bois plus sombre que celui du Sacré-Cœur, moins roux. Et il y en avait davantage, jusqu'aux croisées du plafond.

Le jubé était plus petit. C'est toujours là que nous allions nous placer. Je crois que ma mère aimait les jubés, du fait que parfois elle remplaçait l'organiste.

Elle m'attachait à la console de l'orgue pendant qu'elle jouait, pour m'empêcher d'aller fureter durant le service. De cela je n'ai aucun souvenir; c'est ce qu'elle m'a raconté.

Ma mère était aussi une excellente pianiste.

62

J'arrivais à la porte de mon appartement quand j'entendis le téléphone.

C'était ma sœur.

- Tu veux faire une promenade? Il fait si beau aujourd'hui.
- J'en reviens.
- ...
- Pourquoi on ne sortirait pas nos vélos? On pourrait aller se promener dans le parc Assiniboine.
- D'accord. Tu viens par ici, ou bien je passe chez toi?
- Je viens d'entrer. Viens ici, ça me donnera un peu de temps.
- Bon, je pars dans une dizaine de minutes.
- Tu salueras maman.
- À bientôt.

Je voulais me changer et me recueillir quelques minutes devant le bocal au poisson rouge.

63

La beauté et la simplicité de ce décor aquatique m'ont par la suite fait penser à ma découverte du sushi avec Ueno.

Il m'avait emmenée chez Edohei, un merveilleux petit restaurant traditionnel au centre-ville. J'avais d'abord été étonnée de la variété, sans croire que je pourrais avaler avec plaisir des morceaux de poisson cru. Mais j'ai été ravie et j'en raffole depuis. J'y retourne chercher l'inspiration. Car je voyais dans le sushi des petites architectures modulaires. La base en riz modelé dans la main supporte une diversité de coupoles et de toitures.

Le *tobiko* rouge avec son armature de vert marin et son dôme jaune.

Le *torigai* avec son toit à la Ronchamp.

L'auvent du splendide *kazunoko* jaune éclatant, ceinturé d'algue métallique.

L'*ikura*, cette petite construction géodésique avec ses contreforts en concombre.

Et les textures, veloutées, caoutchouteuses; les consistances qui fondent, ou qui résistent légèrement sous la dent, et les apprêts, et les couleurs, vivantes, *saké, sakè*.

64

Les enfants jouaient dans le parc. Il y avait beaucoup de cris aigus et de gaieté dans l'air. Autour, les gens se promenaient à pied ou à bicyclette.

Nous avons décidé de nous arrêter quelque temps. Il faisait si beau que les vendeurs ambulants se promenaient déjà. Nous avons acheté deux glaces et nous nous sommes assises sur un banc près de la petite forêt Assiniboine.

Le vendeur nous a demandé si nous étions sœurs.

- Nous sommes des jumelles, a-t-elle répondu, en riant presque aussitôt.

Il est demeuré un peu perplexe et je suis certaine qu'il ne nous a pas crues.

Certes, il y avait une ressemblance entre nous. Ma sœur était âgée d'un peu plus d'un an. Cependant nous n'avions pas le même père.

65

- Pourquoi lui as-tu dit cela? lui ai-je demandé.
- Je ne sais pas. J'en avais envie.

Elle a passé son bras autour de moi. Nous mangions nos glaces en regardant droit devant nous.
- On est bien copines, a-t-elle ajouté. Et puis on est sœurs.
- Oui, on est très liées. Toi surtout, tu rêves constamment à mon sujet... des choses incroyables... qui se réalisent.
- Tu sais, je dois te raconter autre chose...

66

Nous sommes rentrées par les petits sentiers boisés qui longent la rivière Assiniboine. Tout était encore dénudé.

J'aime bien l'automne lorsque les couleurs tournent avec les saisons. Mais j'apprécie tout autant ce début de printemps au Manitoba. Ça reprend où l'automne a cessé, en plus nu. En plus désolé, pour moi, sans sentiment d'accablement. C'est comme s'il y avait une éclaircie dans les arbres. On voit plus. On voit plus loin. Les oiseaux de passage ne sont pas camouflés. Il y a une espèce de grand vide en attente. Une sorte de souffle qui commence. Toutes les couleurs sont plus ou moins uniformes. Il y a là un calme et une simplicité naturelle qui me plaisent infiniment. Tout le paysage est une dentelle, un pur lacis d'air et de lignes.

67

Nous n'avons pas beaucoup parlé sur la route du retour. Nous avons roulé à la file indienne, les sentiers sont si étroits.

J'étais bien, un peu pensive. Ma sœur avait rêvé qu'elle était enceinte.

Je lui ai demandé comment ça s'arrangeait avec son ami.
- Bien.
- Tu lui en as parlé?
- Non, j'ai rêvé cela il y a deux jours. Et je ne suis pas certaine encore. Puis il faudrait passer un test.

De fait, elle n'avait pas rêvé qu'elle était enceinte exactement. Plutôt, elle s'était vue en train de marcher avec un «papoose» qui ressemblait à une sculpture inuit qu'elle portait dans un sac à dos.

68

Je dois dire qu'au cours des jours suivants, je n'ai plus trop pensé à ma sœur.

Quand je me rendais au travail, les matins étaient merveilleux, le ciel d'un bleu plus profond que d'habitude. L'air était bon et léger. Je paraissais peut-être insouciante, j'étais au contraire très nerveuse, excitée. Je n'avais plus qu'une pensée en tête, et je n'osais pas m'avouer son intensité : me rendre vendredi après-midi chez Rinella voir travailler Ueno Takami.

69

Au travail, ma patronne m'a trouvée un peu distraite. Je créais des arrangements floraux vraiment singuliers, ce qui en soi n'est pas un mal. Trop originaux toutefois pour un hôpital où la règle est le gros bouquet.

Ces jours-là, j'inventais des combinaisons différentes, différentes pour moi. Ma patronne, Mrs. Lydia, était agréablement surprise, les trouvait intéressantes quoiqu'elles ne plaisaient pas toutes aux clients, et il fallait recommencer.

70

J'étais moi-même étonnée de ce que je faisais. Non pas que je n'avais jamais été tentée par l'inusité, mais je me dépassais.

Je n'en étais pas consciente jusqu'à ce que

Mrs. Lydia attire mon attention sur l'assemblage que je venais de concocter. J'ai regardé le bouquet. Je le trouvais beau. Un peu incongru peut-être. J'ai regardé Mrs. Lydia et nous nous sommes mises à rire.

Aujourd'hui, je me souviens d'une phrase qu'Ueno Takami m'a dite : Il faut travailler inconsciemment.

71

J'avais obtenu cet emploi auprès de la fleuriste du Centre des Sciences de la Santé, grâce à ma mère qui connaissait bien Mrs. Lydia. Ma mère avait travaillé à l'hôpital depuis son adolescence, longtemps à la blanchisserie. Aujourd'hui, elle supervisait le travail des autres employés de soutien.

Mes quarts de travail étaient très variés; le vendredi, j'étais presque toujours libre.

Quand j'ai eu cet emploi, deux choses m'ont plu. D'abord Mrs. Lydia, car elle portait le nom d'une rue avoisinante. Et puis il me plaisait de travailler avec la nature à l'intérieur de cet édifice si clinique.

72

Ma mère me racontait que lorsqu'elle était jeune fille, ce secteur du quartier formait un grand parc boisé avec des sentiers pour les piétons et de grands espaces verts pour le jeu. Petit à petit, le béton a empiété sur la verdure.

Dans l'assemblage amibien de l'hôpital, j'aimais bien la récente aile psychiatrique, véritable bouffée d'air frais, pleine de lumière et de jardins intérieurs. J'y allais souvent prendre le lunch, parfois avec ma mère. C'est comme si une partie de l'ancien parc avait été conservée là. Et puis, je pouvais m'entretenir avec les patients!

73

Je ne sais pas comment s'est passée la semaine. Lorsque Mrs. Lydia m'a demandé si je pouvais faire de la suppléance vendredi après-midi, j'ai dû faire un air si piteux qu'elle a tout simplement ajouté :
- Bon, bien, je demanderai à Karen.
Pour m'expliquer, j'ai dit :
- J'ai un rendez-vous important.
- Je comprends, *my dear*. D'ailleurs, tu as travaillé de longues heures cette semaine, souvent sans trop de succès.
Nous avons ri.
- Je veux dire... as-tu vu les regards des clients lorsque tu leur as proposé un oiseau de paradis avec des pousses de saule, ou...
Je riais si fort qu'elle n'a pas continué. Elle s'amusait bien.
- On aurait dit que tu descendais d'une autre planète. As-tu suivi des cours d'*ikebana*?
- Non...
- Tu as réussi à vendre un bonsaï.
- La convalescence allait être longue.

J'ose à peine dire ce que j'ai fait ce soir-là. Rien d'inavouable, mais ça me ressemblait si peu.

J'ai pris un long bain. J'ai essayé divers maquillages. Toutes sortes de toilettes. Je me regardais dans le miroir comme jamais auparavant. Habillée ou nue. Même quand j'ai commencé à sortir avec Aron, je n'ai pas été coquette à ce point. Ce n'est pas mon genre. J'aime bien paraître, avoir un look, mais j'ai un côté laisser-aller qui m'empêche de trop soigner mon apparence.

J'ai fini par choisir un ensemble.

Le lendemain, j'ai fait tout le contraire. J'ai mis des baskets, des collants et une petite robe noire, courte. À la mode, en somme, mais négligée.

Malgré mon excitation, j'ai dormi assez tard. Une fois réveillée, ç'a été une espèce de frénésie. Je dis ça maintenant. Jamais je ne m'étais sentie de cette façon. Je l'ignorais alors. Ou bien, non, je le savais. Tout cela s'enregistrait dans un coin de ma conscience.

J'ai fait jouer des pièces de musique que j'aimais, des pièces de Scarlatti pour piano. Ma mère était excellente pianiste, comme je l'ai dit, bien qu'elle n'ait jamais fait carrière, et le goût de la musique m'est resté. Mon comportement était débordant comme le rythme des notes. Je tentais de faire plusieurs choses à la fois. Me brosser les dents. Faire des toasts. Choisir les vêtements. Préparer le café.

Téléphoner. Trouver ma montre.

C'est dans ce tourbillon que j'ai fini par m'habiller comme je l'ai fait.

Allais-je prendre le vélo, l'autobus... pour me rendre chez Rinella? J'ai finalement eu suffisamment de présence d'esprit pour décider de marcher et de me calmer un peu.

La journée était magnifique. Elle laissait une impression de velours au passage. Le printemps était exceptionnel cette année-là.

76

Avec tout cela, je suis arrivée chez l'imprimeur bien avant midi. J'étais un peu gênée, mais rien ne m'aurait empêchée d'y mettre les pieds aussi tôt. Je crois bien qu'une fois à l'intérieur, je ne devais pas paraître écervelée. Je voulais avoir l'air bien réservée.

Je suis entrée par la porte arrière, en habituée, près du poste de Sara. Il n'y avait personne là. Tous les autres employés vaquaient à leur tâche. Ça bourdonnait. Ça sentait l'encre.

Puis Frank m'a aperçue.
- Angela! Viens prendre un petit cappucino. Nous sommes à l'avant dans le bureau.

Il me semblait flotter en traversant l'atelier. À ce moment, il n'y avait plus que cette nappe de machines, engins bizarres et fantomatiques, uniquement discernables à leur bruit et à cette extraordinaire odeur d'encre qu'ils dégageaient.

J'ai eu ce doute : Jamais on ne pourrait détecter le parfum que j'ai choisi.

En rentrant dans le bureau de Frank, j'ai vu Ueno et Sara penchés sur des épreuves d'images et de textes. Ils ont levé les yeux quand ils nous ont sentis entrer et ont tourné simultanément la tête vers nous.
- Ah, Angèle! a fait Sara, tout simplement.
- Quelle belle surprise, a dit Ueno. Frank m'a averti qu'il y aurait de la visite aujourd'hui, je ne pouvais m'imaginer... Ta chevelure en queue de cheval, ça te va très bien. Et j'aime tes baskets.

Ueno portait un t-shirt marron, une vieille veste en lin kaki décolorée, des jeans et ses bottes de travail.

Il m'a serré la main de telle façon que j'en ai perdu le souffle.

Je l'ai salué, timidement, mais avec un plaisir visible, il me semble. J'ai embrassé Sara, et Frank m'a préparé un cappucino.
- Comment te portes-tu? a ajouté Ueno. Et il a enchaîné, en se retournant vers la table de travail : «Nous terminons un petit quelque chose et on prend une pause.»
- Ne vous dérangez pas pour moi, ai-je dit.

«Pas du tout», c'est ce que j'imaginais entendre – une politesse –, mais il a bien dit :
- Au contraire.

Je ne sais pourquoi, j'ai dit une banalité en prenant une gorgée de café :
- Ce sont vos poèmes?
- Oui. Vous allez les traduire.

Frank m'a regardée avec un air d'émerveille-ment et un petit signe italien qui, j'imagine, voulait dire : Hé! hé!

Moi, je suis restée abasourdie, ne sachant quoi répliquer. J'entendais les voix de Ueno et de Sara comme une rumeur lointaine. Je voyais un échafaudage de feuilles couleur de papier bible, les caractères dansaient comme tant de lucioles noires.

C'est beaucoup dire que je pensais m'évanouir. Il reste que, soudain, je me suis retrouvée dans la pénombre, devant moi une petite lanterne allumée.

80

Puis cela a passé. Nous avons en effet pris une pause. Ueno est sorti dans la rue et a acheté des hot-dogs à un marchand ambulant. Puis nous avons mangé dans le bureau. Frank est allé chercher une de ses cruches de vin.
- Du vin de riz? a demandé Ueno en plaisantant.
- À peu près, a répondu Frank.

Moi, je regardais les deux ou trois poèmes dont on avait tiré les épreuves. Le caractère était simple et stylisé à la fois, on le voyait. L'effet par contre avait quelque chose de primitif, de fait à la main. Frank a expliqué que c'étaient toutes d'anciennes lettres de plomb comme il ne s'en fabriquait plus. L'œil et le corps variaient donc légèrement de l'une à l'autre. Ueno lui a dit : «Il y a de la beauté dans l'imparfait.»

Et à moi penchée sur le texte : «Tu vas les traduire.» Il a dit cela avec la même certitude que la première fois que je l'ai rencontré et qu'il a dit : «Toi, tu es Métisse.» Sans exclamation, sans question. Avec la confiance de celui qui sait. Une espèce de science infuse.

- Oh non! je ne peux pas. Je n'ai jamais fait ça. Je n'ai pas les aptitudes.
- Oui, vous le pouvez.
- Qu'est-ce qui vous fait dire cela?
- C'est en raison de votre double nature.
- Vous parlez français. Vous devriez le faire vous-même.
- Tu sais...

Il passait du *tu* au *vous* lorsqu'il m'adressait la parole. Je ne sais pas s'il s'en rendait compte ou si, comme il disait :

- ... ma maîtrise de la langue n'est pas si grande.
- Moi non plus. Je n'ai pas de compétences particulières et...
- Non, non. Je sens que tu vas le faire. Tu t'intéresses aux arts, à la littérature, à l'architecture; et la traduction, c'est une espèce d'édifice.
- J'aime beaucoup celui-ci.
- Ah! le poème des oies et des grenouilles. Pourquoi?
- Parce qu'il me ressemble.

81

- C'est un peu mélancolique, ai-je ajouté après une pause.
- Un peu, en un sens.
- Pas complètement.
- Non, pas tout à fait.
- C'est joyeux en même temps.

- C'est naturel. Vous voyez, vous avez déjà une grande sensibilité pour votre travail.
- Je ne sais pas...
- Mais oui! D'ailleurs, il n'y a pas de mal à échouer. Cette traduction, elle sera pour toi. Et ça me fera un grand plaisir, a-t-il chuchoté avec le plus gentil sourire du monde. Puis il a ajouté : «Les oies, c'est moi. Les grenouilles, c'est toi.»

82

Ils ont beaucoup parlé d'encre, de mélanges différents. On a fait plusieurs tirages de certaines gravures, cherchant l'intensité de noir voulue. Le noir, disait Ueno, est au calligraphe japonais ce que la neige est à l'Inuk. Le blanc est un univers, le noir aussi.

J'avais lu quelque part que le peintre Henri Matisse avait affirmé que le noir était une couleur.
- La preuve, a conclu Ueno.

83

En regardant les gravures dont on tirait des épreuves, j'ai été d'accord avec Sara pour trouver qu'elles ressemblaient à des griffonnages. Au premier abord, car, en même temps, je les trouvais fabuleuses. Elles avaient une espèce de présence contagieuse. Un peu comme Ueno lui-même. Il expliquait à Frank qu'en général, on utilisait la gravure sur bois pour faire du représentatif, et lui cherchait à faire...
- De l'abstraction, ai-je dit.

- Pas tout à fait. Du naturel. L'objet de l'art n'est pas de représenter la nature, ou même de la symboliser, mais de faire apparaître la forme en la tirant du vide. C'est l'essentiel.

84

- C'est pourquoi vous aimez le noir?
- Perspicace.
- Et le noir approprié, a précisé Frank.
- Pourquoi ne pas utiliser divers noirs pour diverses gravures? a demandé Sara.
- Pas si bête. Je crois cependant que le noir des gravures doit être identique. Mais tu me donnes une idée. Peut-être faut-il que le noir du texte soit légèrement plus profond. Les poèmes sont courts, les caractères sont entourés de blanc, et ils peuvent pâlir ou flotter devant les pages de gravure où la plage de noir prédomine.

85

- *L'Étang du soir...* Alors, ai-je avancé avec un brin d'audace, si je comprends bien, les gravures seraient comme l'étang dans la nuit et les poèmes des constellations dans le ciel. Un ciel renversé.
- Tout est dans la proportion, en effet.

Et il a ajouté en se tournant vers Frank :
- La personne qui peut lier ciel et terre est bel et bien une architecte en herbe.

Ils se sont mis à rigoler. Moi aussi.

Mais l'expression «architecte en herbe» m'a laissée songeuse.

86

- Et qui plus est, a-t-il continué, apte à traduire mes poèmes... Allons, au boulot.

87

Ils ont pris la pause habituelle en début d'après-midi. Comme il restait peu de travail à faire ce jour-là, Ueno a accepté de prendre un verre. Il s'est mêlé aux travailleurs qui ont tous voulu le saluer avant de quitter.

Frank m'a raconté que la première chose qu'Ueno Takami a fait en entrant dans l'atelier a été de «sentir autour». Il a fait le tour des postes de travail, il a posé des questions, il s'est entretenu avec certains, il a observé les opérations en hochant la tête. «Comme de l'ail dans une sauce», a dit Frank. J'ai pensé – cette image m'est venue sur le coup : comme un poisson dans l'eau.

88

J'ai longuement observé le visage du poète. Sa tête grisonnante, ses cheveux plutôt courts, ébouriffés. Et ces yeux de charbon. C'est, me semblait-il, contre le noir de ces yeux que tout se mesurait, jusqu'à l'encre de l'imprimeur. Et la vieillesse sur le visage : une bonne usure. Un visage avec une histoire. Les traits japonais, basanés par le vent, comme un marin en haute mer.

89

Sara lui a demandé, je crois, s'il avait été dépaysé en arrivant au Canada. Je sortais d'une rêverie. Je me rappelle qu'il parlait de sa cabane dans le Nord et qu'il la comparait en quelque sorte aux maisons de son pays natal, à la maison de ses parents plus particulièrement.
- C'était une maison traditionnelle avec beaucoup de chambres, avec les espaces amovibles comme vous dites. Le vent passe par là. Ici, il passe par les sapins.

90

Le jour où j'ai accepté de monter dans le Nord avec Ueno, nous avons fait le trajet dans son vieux camion. De fait, le camion n'était pas si vieux que ça, il était passablement «poqué». Pourtant il était solide. Un 4 X 4.
- On a besoin de ça sur les routes du Nord. Je l'ai réparé moi-même.
- Vous faites de tout.
- Tu.
- Quoi?
- Tutoie-moi. Nous sommes amis, maintenant.
- Depuis toujours, presque.
- C'est vrai, depuis le premier moment.

Je n'ai jamais pu, tout au cours du temps que je l'ai connu, réussir à le tutoyer. Je l'ai toujours, sauf par accident, vouvoyé. Je ne sais pas si c'était dû à son âge, à son renom ou quoi. Il me semblait qu'il méritait un certain respect, qu'il correspondait à ce que les Japonais appellent un «Trésor National vivant». Et lui n'a jamais réussi à ne pas balancer entre le *tu* et le *vous* lorsqu'il m'adressait la parole, les mêlant souvent dans la même phrase.

- Non, je ne sais pas tout faire, a-t-il poursuivi. Je suis mauvais traducteur, par exemple.

91

Il était venu me prendre à Winnipeg, puisque je n'avais pas les moyens de me rendre à Thompson sauf en autocar. Lui-même prenait souvent le Grey Goose pour venir à Winnipeg. Il aimait voyager ainsi et «rencontrer du monde», selon son expression.

Cette fois, il a voulu m'emmener. Par la suite, je suis moi-même montée souvent le visiter en car.

Il était venu pour affaires la veille, et le lendemain il est passé me prendre chez moi, tôt le matin. Il a klaxonné. Il était à l'heure. Je suis descendue avec deux cafés que j'avais préparés pour la route.

Je retiens deux choses du début de ce voyage. D'abord, il m'a remis un exemplaire de ses poèmes. Et deuxièmement, en passant par le village de Saint-Laurent, il a dévié jusqu'au lac Manitoba.

C'est un peu ton pays, a-t-il dit.

Il y a là une belle petite communauté métisse, peut-être la plus importante au pays. Je ne la connaissais pas alors. C'est surtout un pays de pêcheurs. La terre est à peine bonne pour faire un peu d'élevage. Le paysage est modeste : des terres déboisées par-ci par-là pour laisser brouter les animaux, mais traversées partout de peupliers, de petits chênes noueux, tordus évidemment. J'aimais cela.

- *Wabi-sabi*, disait-il. La beauté dans la pauvreté.

Ces chênes noueux me font aujourd'hui penser à quelque chose, je le dirai plus tard.

Ce que je suis venue à apprécier surtout, c'était le parler des Métis du coin : le *métchif*, du français où se mêlait de l'ojibwa ou du cri, et parfois un peu d'anglais. J'ai appris qu'ils ont longtemps eu honte de parler leur langue, qu'ils ont dû lutter contre l'éducation «française» qu'ils recevaient des congrégations. J'aimais leur façon d'assouplir les mots et les expressions et de chantonner les phrases.

Je lui ai dit une fois en riant qu'il faudrait peut-être traduire ses poèmes en *métchif*.

- Pourquoi pas!

Il me semblait qu'il y avait quelque chose de merveilleux d'avoir un parler à soi et qu'il ne fallait pas que ça se perde. Je m'imaginais que la grande réalité des textes d'Ueno pouvait être, en traduction, le garant d'une autre culture. J'étais jeune.

J'associe cela à ce dont nous avons parlé, assis

sur la rive du lac Manitoba.
- Tu connais l'origine de ce nom?
- Oui, je sais. Manitoba vient de Manitou, c'est le lac du Grand Esprit.
- Et l'Esprit n'a pas de couleur.

94

Je n'aurais jamais pu faire cette traduction en *métchif*. Je parlais le bon français, comme on dit. Ma sœur et moi, comme ma mère, avions été éduquées à l'école du Sacré-Cœur, dans une petite paroisse d'expression française au cœur de Winnipeg. C'était miraculeux! Car il n'était pas toujours facile de parler français dans ce milieu anglophone. Et pour moi, c'était doublement difficile d'y vivre.

On croyait que j'avais été adoptée.

95

La route vers Thompson semble longue et désolée au début. On entre enfin dans les forêts de conifères qui bordent la route, ce qui change. Mais en plusieurs endroits ils ont été détruits par des incendies, on dirait un spectacle de squelettes. Les villages sont plutôt rares et la route mène vers les premiers grands barrages hydroélectriques.

C'est un coin de pays plutôt appauvri, on passe dans la nature sauvage et près de quelques réserves cris et ojibwas. On voit tout ce qu'on a fait au pays et au peuple. Petit à petit le paysage du Nord prend de l'envergure, l'épinette noire, et la blanche s'imposent, du tremble et du bouleau se mêlent à du pin gris et du mélèze, ce merveilleux conifère qui, comme je l'ai appris depuis, devient doré à l'automne, le seul de son espèce à perdre ses aiguilles en hiver.

96

Ueno et moi parlions, et tout cela passait un peu comme un décor de scène, car, malgré son effet, nos propos étaient ailleurs.

Il faut mettre huit heures pour se rendre à Thompson. Ce qui m'a plu, ce sont les arrêts que nous faisions aux stations-service au beau milieu de nulle part, semblait-il, pour nous rassasier, ou aller aux toilettes, ou prendre du chocolat. J'aime le chocolat.

Les employés ont tous leur caractère. C'est ce qu'Ueno appelle «rencontrer du monde». Je songe à ce jeune homme tout pétillant d'énergie, comme s'il travaillait pour une grande station-service urbaine. On a demandé de faire le plein. Et après quelque temps, Ueno a dit : *It should be done soon.*
- *About thirty bucks*, a lancé le jeune homme.

Et une dizaine de litres plus tard, pendant que le garçon nettoyait le pare-brise, la pompe s'est arrêtée automatiquement sur trente dollars.
- Dans le mille, ai-je dit à Ueno qui s'est retourné vers le garçon :
- *Close enough.*

Nous avons tous éclaté de rire.

Il y avait de la magie dans l'air. La cabine du camion avait l'allure d'un vieux vaisseau spatial, un routier de l'intergalactique qui en avait vu et en avait roulé. Le tissu de la banquette était usé au point d'être noirci et poli, et avait l'apparence de cuir par endroits. Un assortiment d'objets traînait ici et là. Par terre, on retrouvait des pièces de rechange, un sac de voyage, une hache, un bâton de base-ball fort abîmé, un coffre d'outils; sur le tableau de bord : des vis, des petites statuettes d'argile; au rétroviseur pendait une pièce d'ivoire retenue par des lanières de cuir. «De la défense de narval», a précisé Ueno quand il me l'a remise en cadeau. Un assemblage hétéroclite. Un véritable camion!

Et deux mégots de cigare dans le cendrier.
- Malheureusement, le tabac, a-t-il admis, s'attaque aux papilles gustatives et détruit ce sens, à ce qu'il semble. Mais j'y ai pris goût.

Il s'est mis à rire et, pour la première fois, j'ai porté mon attention sur ses dents, quelque peu jaunies, surtout celles près des molaires recouvertes d'or. J'avais cru que les Japonais possédaient une dentition exemplaire.

98

Le camion portait un nom inscrit sur une plaque de plastique fixée au capot – comme le font si souvent les conducteurs de remorque. Celui-ci rappelait un tatouage commun que les matelots portent au bras : *Mom*. Ça faisait kétaine. C'était touchant.

- Je l'ai acheté comme cela, m'a-t-il confié. C'est ce qui m'a attiré. Vendu! dès que j'ai aperçu le nom.

Ueno avait fait installer un laser qui jouait pour l'occasion un genre de musique japonaise.

- Ce sont des chansons traditionnelles, m'a-t-il expliqué, un peu occidentalisées. On y retrouve des instruments authentiques, le *koto*, le *shakuhachi*. Et puis il y a le vieux Jean-Pierre Rampal qui joue de la flûte moderne. Regardez sa photo sur la pochette. C'est comique de le voir en kimono. Par contre, quand il joue de la flûte, on croit entendre le bambou.

99

J'étais bizarrement vêtue, et je me sentais folâtre. Je portais des collants zébrés, des petites bottines, une chemise à carreaux, une jupe beige avec des bretelles à motif cachemire et un chapeau beige. J'avais les cheveux tressés. Ça faisait petite fille, un peu hippy, je me sentais bien.

D'ailleurs, j'étais allée à l'Armée du Salut acheter des bottes de travail usagées. Je savais qu'Ueno en portait régulièrement, et je ne voulais pas que les miennes paraissent trop neuves. Elles étaient rangées avec mes affaires dans mon sac à dos. Je m'étais dit ou imaginé que dans le Nord, dans le muskeg, dans la boue, dans la forêt sauvage, il fallait porter quelque chose de solide aux pieds.

100

- On arrive, a-t-il dit.

Ueno Takami demeurait un peu avant

Thompson, près de Wabowden. Il avait un terrain boisé donnant sur Setting Lake. Nous avions quitté la route principale pour pénétrer carrément dans des routes de gravier et de terre. Puis soudain, en montant sur un léger plateau, nous avons débouché sur un espace à demi découvert. Devant, entre les arbres bien entretenus, il y avait sa cabane; derrière elle, en raison de la hauteur, on voyait le lac.

- Nous sommes chez moi.
- D'ici, on croit vraiment que le lac se couche à tes pieds.

Setting Lake, «le lac qui se couche» comme je n'ai cessé de l'appeler. C'est un nom poétique et l'image d'un lac qui descend comme un crépuscule me plaisait. Mais Ueno m'a expliqué, un jour, que le nom du lac vient de la langue algonquine et veut dire «là où l'on place les filets».

- Et la pêche est bonne? lui ai-je demandé.
- Miraculeuse.

J'étais bien.

101

Il faut que je parle tout de suite de sa cabane. Facile d'imaginer, en raison de mon intérêt pour l'architecture, à quel point elle m'a frappée.

C'était une cabane qui ressemblait à la fois à un tipi, à une cabane en rondins typique, et à l'architecture japonaise moderne. Elle était simple et stylisée. C'est l'intégration des proportions et le jeu des matériaux qui faisaient qu'elle ne jurait pas en ce lieu. Mais elle nous obligeait à réfléchir sur toute la question de l'habitat dérivé de son origine dans la nature. Je n'étais pas très consciente de cela à ce moment, mais ce sont des observations qui se sont éveillées en moi.

Le toit, qui plongeait plus profondément vers le lac, semblait un hommage au tipi. Il en avait la hauteur élancée et la pointe centrale où des poutres s'entrecroisaient et semblaient tourner en colimaçon. Entre les poutres partiellement exposées de la toiture, des sections de bardeaux de cèdre qui avaient grisonné alternaient avec des sections en plaques de métal, d'acier, je crois, qui avaient rouillé.

Une fois, Ueno m'a expliqué que le son était musical lorsqu'il pleuvait. Le martèlement plus aigu de la pluie sur le métal qui aurait fatigué à la longue était balancé, en contrepoint pourrait-on dire, par la cadence plus feutrée des gouttes sur le bois. Et il y avait aussi l'équilibre de leurs couleurs dans le paysage d'arbres et de roc.

102

J'ai mis plusieurs heures ce jour-là, et au cours de mes visites subséquentes à déchiffrer et à apprécier toute cette construction tant intérieure qu'extérieure et à goûter à l'aménagement paysager qu'il avait réussi sans détonner en plein cœur du grand Nord.

Je pourrais parler inlassablement de cette cabane. J'ai appris là plus de choses qu'au cours de mes études universitaires.

Je me rappelle toutefois que l'architecte Douglas Cardinal était venu à la faculté, lorsque j'étais en troisième année d'architecture.

J'avais beaucoup aimé l'église de Waskasoo, comme je l'appelais, qu'il avait érigée à Red Deer en Alberta. Cardinal, c'est un beau nom pour un architecte, et de surcroît pour un Indien.

Waskasoo veut dire «élan» en cri, mais les premiers colons avaient pris l'élan pour un chevreuil roux et avaient ainsi nommé l'endroit Red Deer. Depuis, j'ai toujours pensé à l'église Sainte-Marie de Red Deer comme l'église Waskasoo.

- C'est une question de proportions, a-t-il répondu à une question que je lui ai posée.

Il a dû deviner que j'étais Métisse et ce qu'il a dit m'a beaucoup plu.

- Tenez, je vais vous raconter une anecdote. Un vieux chef indien de ma nation, John Big Sky Carpenter, s'est fait construire une petite cabane avec une galerie, une véranda comme on appelle ça dans l'Ouest, sur une butte dans les bad lands de la Saskatchewan. La cabane était peut-être modeste, il tenait à avoir une véranda : «Pour se bercer, disait-il, et regarder le soleil plonger dans le ravin.» Mais il était aveugle. Toujours est-il qu'il demanda, pour terminer, à un des ouvriers de poser un clou sur un des poteaux de la véranda pour y accrocher sa pipe et son sac à tabac. Pour faire une blague, l'ouvrier marqua l'emplacement au crayon puis fit mine de ne pas le retrouver et demanda au vieux chef : Est-ce ici? Ou là? Ne serait-ce pas un peu plus haut? Indiquant divers endroits sur le poteau. Mais le sens des proportions du vieux chef était si juste qu'il n'a pas approuvé jusqu'à ce que l'ouvrier revienne au point originel.

104

Ueno avait construit sa cabane avec l'aide d'Indiens de la réserve de Cross Lake.
- Nous avons mis tout le temps qu'il a fallu, a-t-il précisé, le sourire aux lèvres. Ils étaient fort intrigués, amusés, vivement intéressés. Ils m'apportaient différentes plantes avec lesquelles je faisais du thé. Nous avons bu beaucoup de thé. Je suis convaincu qu'en participant à mon projet, aussi hybride fût-il, ils ont retrouvé l'esthétique naturelle de leurs ancêtres; et moi j'ai été privilégié, par eux, de sentir le souffle de leur esprit soutenir et alléger à la fois mon petit édifice. Quant ce fut fini, ils sont venus une trentaine, aînés, femmes, enfants, participer à une cérémonie pour consacrer, comme a dit leur shaman, le lien entre le vent rouge et le vent jaune. Le vieil homme croyait que c'était un lieu d'énergie exceptionnelle.

105

Chaque fois que j'y allais, j'étais émerveillée par ce site qui, selon Ueno, était composé d'accidents organisés.
- J'ai longtemps imaginé cette cabane dans mon esprit. Rien sur papier. Quand ce fut très clair, j'ai commencé à construire. Mais il s'est produit des imprévus en cours de route avec lesquels il a fallu composer. Des incidents de parcours que nous avons intégrés dans notre travail. Et... quand ce fut fini...

c'était tel que je l'avais imaginé. Parfait.

Je trouvais en effet que tout chez lui était de bon goût, qu'il n'y avait rien à la mode ni de conventionnel.

- La convention, et la société est une convention, est une aseptisation, affirmait-il.

Je revois son beau visage *sabi*.

- Au fond, a-t-il continué, il n'y a pas vraiment de bon et de mauvais goût, il n'y a que le goût qui doit être aiguisé comme son esprit. Le goût est une guerre.

106

Je n'ai pas tout de suite compris le sens de ces dernières paroles. Généralement, ce qu'il disait était simple. Simple et mystérieux peut-être.

J'ai eu l'intuition, ce jour-là, que son expression adoptait la forme de ma propre pensée inconsciente.

107

Huit heures de route, le soir avançait vite.

Il allait préparer le souper.

- Est-ce que je peux faire quelque chose?

- Bien sûr. Promène-toi, installe-toi... Ensuite, tu m'aideras à mettre le couvert. Je pense qu'on devrait manger devant la baie vitrée et voir le soleil se coucher sur Setting Lake. Qu'en dis-tu?

- Oui, j'aimerais ça.

- Et nous allons parler de ces poèmes que vous allez traduire.

L'intérieur ressemblait à la cabine de son camion, mais en plus propre. Des romans s'entassaient ici, des livres d'art par-là, des magazines se mêlaient à des traités assez philosophiques, il y avait des petites sculptures, des manuscrits, des plaques gravées parmi des morceaux de bois et des roches qu'il avait sans doute recueillis pour leur forme. Des tableaux appuyés les uns sur les autres contre le mur. Des boîtes de peinture, une variété de pinceaux et de brosses dans de magnifiques pots de céramique ou dans des contenants de son invention.

Pour donner un exemple de cette excentricité, j'ai reconnu, parce qu'il m'en avait déjà parlé, une espèce de jardin zen miniature. Mais les roches, plutôt que d'être entourées du sable ratissé traditionnel, étaient couchées parmi des noyaux d'olives de toutes grosseurs qu'il avait mangées au cours des ans. Cela, il l'appelait son jardin des oliviers.

Il y avait là un mélange de tons et de cultures. Des couvertures indiennes bien sûr, des tapis sud-américains, des masques mexicains, de la poterie japonaise, un crâne de taureau à longues cornes était accroché à un mur; sur un autre, une peinture abstraite – une très petite toile de Jackson Pollock, je n'arrivais pas à en croire mes yeux, c'était un original; un labyrinthe de noir et de blanc s'enfonçant dans le marron, dont Ueno a tout simplement dit en la regardant avec moi : «C'est tellement vrai».

Et dans ce grand dérangement tout semblait

avoir sa place, et ce qui devait être «exposé» se montrait bien.

Quand je lui en ai fait la remarque, il m'a répondu tout bonnement, comme on parle des ingrédients d'une recette :

- J'ai meublé cet endroit de choses que j'aimais. Je me suis dit que si elles me plaisaient et que j'étais bien avec moi-même, elles devaient être belles et s'arrangeraient entre elles.

110

Je comprenais très bien ce qu'il disait, car moi aussi j'agissais un peu comme cela. Mon bocal au poisson rouge, par exemple. Parfois, je dois me procurer des choses dont j'ai besoin, pas de façon utilitaire, mais physiquement ou spirituellement. Des objets qui exigent une longue accoutumance. Comme si cet objet extérieur représentait une partie de moi intériorisée qui avait à se dévoiler et que je devais reconnaître contenue dans l'objet.

111

Nous avons fini la soirée en buvant du saké chaud, et je me suis endormie devant le feu de bois dans le foyer. Ueno avait posé sur moi des couvertures au motif indien.

Je dis cela, parce que le premier soir de ma deuxième visite – les choses s'assemblent ainsi dans mon esprit – les couvertures étaient toujours là où je les avais laissées et je me suis tout de suite emmitouflée dans l'une d'elle et je me suis mise à observer le foyer, sa cheminée de pierres, son manteau en bois tordu. J'ai remarqué une petite série de dates crayonnées sur le madrier tout près et j'ai demandé à Ueno ce que c'était.

- C'est la liste des fois que j'ai fait l'amour depuis les vingt-cinq ans que je suis ici.
- Ce n'est pas bien impressionnant.
- Tu crois? Alors, viens m'impressionner.

Il s'est dirigé vers la chambre à coucher, sachant, je crois, que je serais portée à le suivre, comme si c'était tout naturel.

112

Le lendemain, Ueno faisait cuire des crêpes à même le poêle à bois.
- La prédestination, c'est ce qui arrive à ce qui suit son cours.

Il m'avait répondu ainsi parce que je lui avais fait part de mon sentiment : n'avait-il pas eu, dès le premier soir, l'impression que nous devions nous rencontrer?

Plusieurs associent le destin à la nuit, comme une fatalité. Il me semble comprendre aujourd'hui que ce que nous prenons pour le destin est plutôt l'arrivée à la lumière de la conscience de choses que nous refusions de reconnaître.

113

Quoiqu'il y eût l'eau courante et l'électricité, Ueno aimait fonctionner le plus possible comme si ces éléments de la vie moderne n'existaient pas.

Ce n'est que plus tard que j'ai remarqué un autre édifice sur la propriété, bien camouflé dans les bois. Un petit sentier y menait. On arrivait dans un enclos déboisé, presque circulaire. La cabane était au centre. Là arrivaient l'électricité... et le téléphone. Il y avait aussi un générateur et une antenne parabolique.

À l'intérieur, on trouvait une salle de douche, une autre pour la lessive et une troisième avec ordinateur, téléphone et téléviseur. Un véritable centre de télécommunication.

- Pour me tenir au courant et mener certaines affaires que j'ai en Orient.

- C'est comme les deux cabanes de Grey Owl, m'a-t-il raconté. Tu as entendu parler de ce Britannique qui s'est fait passer pour un Indien?
- Un peu. Il a écrit des livres et fait l'élevage de castors.
- C'est ça. Pour le Service des parcs dans le Nord de la Saskatchewan. Eh bien! les castors vivaient avec lui dans la première cabane en rondins qu'il a fait construire au bord du lac Ajawaan. Aujourd'hui encore, on peut voir la maison des castors insérée comme dans une bouchée qu'on aurait prise dans un côté de la demeure. Ils pénétraient dans la cabane en passant sous l'eau, lorsqu'ils n'entraient pas carrément par la porte de devant.

Cette image semblait lui plaire beaucoup. Son visage s'est transformé et il avait l'apparence d'un gamin de huit ans.

- Lorsque son épouse Anahero – c'était une vraie

Indienne, elle – est devenue enceinte, il a cru que ce n'était pas un endroit convenable pour élever un enfant et étudier les castors. Alors, il a construit une deuxième cabane, plus haut, sur une petite colline, pour son épouse et sa fille... Ils sont d'ailleurs enterrés tous les trois à quelques pas de là.
- Alors vous avez...
- Alors j'ai senti en venant ici que si je voulais vivre comme je l'entendais, je devais séparer l'espace que j'habitais de celui où j'étais appelé à maintenir mon contact avec le monde extérieur.

115

Ce soir-là, nous avons vu et entendu des huards sur le lac à la brunante. Je n'en avais jamais vu ni entendu dans la nature auparavant.

Il m'a aussi fait découvrir le *shakuhachi*.
- Si tu as aimé Rampal, tu vas connaître ici le vrai son du Japon. Le morceau que je te fais jouer s'appelle *Kokû-Reibo*. C'est une des plus anciennes pièces du répertoire, d'où sa jeunesse éternelle.

Il m'a longuement laissé écouter la flûte de bambou alors que la nuit se faisait plus compacte sur le lac. C'est peut-être étrange à dire, mais grâce à la mélodie solitaire de la flûte dans l'air, j'avais l'impression, malgré la densité apparente, que cette opacité était légère et que la nuit était un immense gratte-ciel noir horizontal qui s'étendait vers moi.

116

Dans cette profondeur, un grand apaisement descendait sur moi. Les bribes de ma vie semblaient être des petites bulles de souvenir qui flottaient, alors que j'étais paisiblement au centre de ce passé et peut-être même de ce futur qui apparaissaient autour de moi.

La nappe d'eau s'était transformée en une vaste étendue de nuit dans laquelle j'étais calmement suspendue. Je me sentais en sécurité. Bien en moi. À l'aise dans cet espace indistinct, comme dans une soupe primordiale.

- Tu médites, a-t-il dit, comme je me suis retournée pour l'apercevoir debout à quelques pas derrière moi.
- Depuis combien de temps êtes-vous là?
- Un quart d'heure à peu près.

J'étais étonnée. Je croyais que quelques minutes à peine s'étaient écoulées.

- Vous êtes planté là comme un grand héron qui fait la sentinelle.

- Le *shakuhachi*, m'a-t-il expliqué, est le plus important instrument à vent du Japon. Il existe depuis plus de mille ans. C'est un instrument extrêmement simple, mais dont la technique est très complexe. On le taille dans la base d'une tige de bambou vidée où l'on perce des ouvertures. Cette flûte est capable d'une grande variété de timbres. Les plus petites sont brillantes et cristallines comme toi; les plus grosses peuvent jouer si doucement qu'elles sont presque inaudibles.
- Alors comme toi!
- Surtout, on dit que le *shakuhachi* peut imiter toutes les inflexions de la voix humaine. Moi, je crois que

c'est la voix de l'inconscient originel. D'ailleurs, les ancêtres considéraient le *shakuhachi* comme le souffle de la vie et de l'illumination.

118

Nous étions allés nous asseoir près du foyer et il a sorti un instrument de bambou dont il s'est mis à jouer. C'est à ce moment que j'ai observé qu'il jouait de la main gauche, car il lui manquait une partie du petit doigt de la main droite, coupé juste en dessous de l'ongle.

Il a dû faire des erreurs de ton que je n'ai pu détecter, car il s'est mis à rire.

Il a déposé la flûte entre mes mains pour que je puisse la regarder et la toucher.
- C'est assez lourd.
- C'est essentiellement un instrument masculin, m'a-t-il fait remarquer.

119

De tout le temps que j'ai connu Ueno, il ne m'a jamais semblé plus japonais que lorsqu'il s'est mis à me parler du *shakuhachi*. Comment c'était traditionnellement l'instrument exclusif des moines et des samouraïs, et qu'il pouvait servir d'arme de défense. Comment l'aspect de la flûte devait être le plus naturel possible et que malgré cette apparence ordinaire, le *shakuhachi* était tenu pour un objet d'une grande beauté. *Wabi-sabi*, s'exclamait-il.

Je m'assoupissais et j'ai encore voulu dormir devant le foyer. J'avais été si bien la nuit précédente.

Il a vu mon état, pourtant il a tenu à me raconter une «berceuse», a-t-il dit en souriant, l'histoire d'un samouraï qui avait été surpris par une bande de brigands alors qu'il se baignait dans la rivière.

120

- Il avait laissé son épée et sa robe bien loin sur la rive. Seul le *shakuhachi* était assez près pour qu'il puisse y mettre la main. Mais contrairement aux attentes des bandits, le redoutable guerrier ne les a pas attaqués. Plutôt il s'est assis nu sur la grève, en position de lotus, et s'est mis à jouer de la flûte. On dit que le son qu'il en tira charma et émerveilla à tel point la petite bande de voyous qu'ils lui firent une fête sur les lieux. Ils partagèrent avec lui leurs vivres et le laissèrent partir.
- Ils n'étaient donc pas si voyous.
- Très juste. Inspiration et expiration : un seul et même mouvement. Qui y participe n'aspire à rien d'autre.

Il m'a souhaité bonne nuit après s'être assuré que j'avais toutes les couvertures nécessaires.

Je me suis endormie avec la flûte entre les bras.

121

Pendant la nuit, j'ai fait ce rêve.

Je ne peux pas dire que je fuyais, mais je laissais quelque chose derrière. Je ne sais quoi au juste.

J'avançais dans une petite nappe d'eau. Il y avait derrière et autour de moi des odeurs de marais, des odeurs d'été; elles n'étaient pas nauséabondes ni même désagréables. Au contraire, à mesure que j'avançais dans l'étang, l'air se faisait de plus en plus parfumé. Enfin j'ai senti que j'étais étendue parmi les joncs et les roseaux, alourdie par ce baume, mais sans pesanteur si je puis dire. Les roseaux semblaient pousser de mon corps; je voyais la clarté du jour à travers leurs tiges. Puis un vent un peu blanchâtre, transparent, a semblé se lever et passer sur moi. Quoique immobile, je me sentais alors légère. Je balançais d'un côté et de l'autre au gré du vent et j'ai entendu un long et immense soupir comme si la moelle de mes os se transformait.

122

En me déposant dimanche soir devant mon appartement et en me quittant, Ueno a dit :
- N'oublie pas les poèmes.
- Salut, Ueno. C'était vraiment bien.
- Oui, j'ai beaucoup apprécié ta visite. Tu m'as donné le goût de me remettre à la flûte.
Grand rire, comme un corbeau qui croasse.
- Salut, Angèle. À la prochaine.

Je suis montée. Je me suis fait une tasse de café bien chaud. J'ai allumé une bougie que j'ai placée devant le bocal du poisson rouge. Je me suis assise et j'ai écouté le disque qu'il m'avait prêté. *Mukaiji-Reibo* : «brume, mer, flûte».

Je me suis réveillée le lendemain dans mon lit, je ne me souvenais pas de m'être couchée. Je me rappelle bien cependant que j'avais tenté cette nuit-là de traduire mon premier poème de *L'Étang du soir*.

Il y avait sur le petit tapis, devant le bocal de poisson et la cire de bougie, une page pleine de ratures et d'essais à côté de l'original.

Ah! que je trouvais belle cette page manuscrite. Je ne savais pas si j'étais parvenue à une version finale du poème, mais cette page tachée d'encre était pour moi un petit papillon noir et blanc.

Je me suis rendu compte de l'heure. J'allais être en retard pour le travail. J'ai téléphoné à Mrs. Lydia qui m'a dit : «Tu as passé une bonne fin de semaine au moins, *dear child*.»

J'aimais cette expression britannique qu'elle ajoutait souvent à la fin de ses phrases.

Avant de me rendre au travail, je n'ai pu résister à l'envie de téléphoner à ma sœur et de lui raconter mon week-end avec Ueno.
- Mon rêve! Mon rêve! criait-elle tout excitée.

Quelle fille remarquable. Elle semblait prendre autant de plaisir, sinon plus que moi, aux bonnes choses qui m'arrivaient. Je crois qu'elle n'avait pas un gramme de jalousie en elle.

Je revoyais son visage, plutôt rond, une pleine lune souriante basse dans le ciel.

Je crois que j'étais très dépendante d'elle, et de cet entrain qu'elle avait. Je me reconnaissais étrangement en elle, cette partie de moi apparaissait souvent comme un lointain écho qui se cherche.

J'exagère un peu. J'ai beaucoup changé depuis; alors j'avais tendance à minimiser mes qualités, mes goûts et mes désirs, et mes réussites.

126

J'avais remarqué que dans le petit nombre de poèmes qui composait le livre d'Ueno Takami, l'un d'eux se répétait, à une inversion près. J'y ai longtemps réfléchi et j'ai longuement lutté avec la traduction qui en apparence était pourtant facile. Comme un *koan*.

Ce n'est que bien des années plus tard – en me versant une tasse de thé – que j'ai compris que le questionnement du *koan* n'était que l'affirmation de l'aphorisme retournée.

J'en ai parlé avec Ueno assis dans le camion devant la galerie Artspace en attendant qu'Aron vienne ouvrir les portes. Son exposition était terminée et il démontait les installations.

J'avais voulu lui présenter Ueno et j'espérais qu'Ueno, qui avait manifesté de l'intérêt, puisse voir son travail. C'était la dernière occasion. Ueno revenait d'un court voyage au Japon. Nous nous étions entendus pour qu'il vienne de l'aéroport me prendre chez moi. Il avait l'intention de regagner Setting Lake le lendemain.

- Oui, a-t-il dit, j'ai fait ces deux versions, car je voulais que ce soit absolument clair. Les deux derniers vers qui sont à peu près renversés expliquent, pour ainsi dire, les deux premiers. Je vois que tu as très bien réussi à rendre cela en français. Tu es allée au cœur absolu de la chose avec un jeu de mots qui est tout à fait différent de l'original, mais qui en saisit l'esprit à la lettre, corps et âme. On dit que l'âme est partout invisible. Tu lui as fait un autre corps qu'elle a reconnu.

- Je n'arrivais pas à faire autrement.

- Tu vois, c'est tout naturel.

128

Dire que j'ai eu à lutter pour traduire ses poèmes est un bien grand mot. J'ai eu au début, il est vrai, beaucoup de difficultés dues surtout au fait que je n'avais jamais rien fait de semblable et que je m'en croyais incapable. C'est devenu pour moi au cours des mois, et de toutes ces années que je les ai conservés, beaucoup plus un plaisir qu'une peine.

C'est ce que j'ai fini par reconnaître : dès le premier soir, dans les décombres de mes petites constructions échouées, j'ai pris plaisir à tenter de traduire ces poèmes et à faire sortir ce que je ne croyais pas être en moi.

129

Je ne pensais pas que c'était en moi, car malgré la sensibilité que j'avais pour les arts, je ne me croyais pas douée. J'avais ce goût pour l'architecture que je suivais peut-être aveuglément.

130

Mais est-ce que j'y arriverais?

Les poèmes, comme je l'ai dit, étaient en apparence fort simples. Je ne pouvais imaginer qu'Ueno Takami n'y cachait pas quelque signification qui m'échappait. Alors, après la «lutte» du début, je suis entrée dans une phase de grande concentration, une espèce de jeu attentif.

Car je savais que je ne pouvais pas traduire n'importe comment, bien qu'il m'ait dit un jour que je lui parlais de certaines difficultés de traduction que j'avais, d'hésitations, de craintes, d'incertitudes :
- Fais ce que tu veux. C'est ton expérience.

131

Je me suis rendu compte aussi d'un phénomène. Comme cela s'était passé le premier soir, je traduisais surtout la nuit. Dans un état de grande absorption.

Parfois je m'y mettais, je ne peux me l'expliquer, quand je rentrais fourbue. Ou quand je n'arrivais plus à dormir. Ou encore quand je m'éveillais en pleine nuit.

J'étais attirée par ces pages. Je ne sais si je puis dire qu'une grande légèreté m'envahissait ou sortait de moi; j'entrais, même à l'époque où tout ce travail me semblait difficile, dans une espèce d'état parfait. Je ne puis l'exprimer autrement.

J'étais sans doute un peu sentimentale. J'avais placé ma table de travail devant la fenêtre. J'y avais rangé le bocal du poisson et j'allumais une bougie. La fenêtre ouverte donnait sur la rue en bas, généralement calme. C'était, cet été-là, une ouverture sur une grande fraîcheur. Même les soirs où la chaleur était plutôt accablante, le cadre de la nuit devant ma table transportait toujours un air frais et bleu.

J'avais le sentiment que cet appartement était planté au centre-ville en face de la falaise de la rue que creusaient les gratte-ciel et les anciennes usines et les entrepôts.

Devant moi, cette profondeur bleu noir; sur la table, les reflets auréolés de la bougie dans le bocal du poisson rouge. Je sentais que j'étais comme une mince couche entre la nuit et les étoiles. Un très minuscule tissu entre opacité et transparence.

Je ne veux pas dire que j'étais cette feuille vibrante devant moi. Mais tout cet univers s'assemblait ainsi : la nuit, la flamme de la bougie, et cette page où je laissais apparaître des tracés sismographiques.

J'avais acheté une belle encre de Chine qui semblait correspondre à l'œuvre imprimée chez Rinella.

133

Quand Aron est arrivé, je lui ai présenté Ueno.
- J'espère que vous ne serez pas trop déçu, a dit Aron, l'exposition est déjà à demi démontée.

- Angèle m'a dit tant de bien de votre travail, a répliqué Ueno, et son appréciation est convaincante. D'ailleurs, qu'y a-t-il d'important dans le monde, si ce n'est la reconnaissance.

Et nous sommes entrés.

Il est vrai qu'à l'intérieur, on avait un peu l'impression d'un chantier de construction ou de démolition. Certaines des tiges totémiques jonchaient le sol, d'autres étaient appuyées contre un mur. Un coffre et des outils traînaient pêle-mêle; fils électriques aussi, un fauteuil, les restes d'un repas rapide, un cendrier plein de mégots; au centre de la pièce, une chaîne stéréo. Je me suis souvenu qu'Aron, en travaillant à son exposition, faisait souvent jouer une musique aborigène australienne où figurait un instrument merveilleux, le *didjeridu*.

- Je dois tout sortir d'ici demain, a dit Aron qui s'est affairé à sa besogne en nous laissant le loisir de circuler dans la salle.

- Nous allons te donner un coup de main, a répondu Ueno. J'ai mon camion.

Puis une pause. Ça, je m'en souviens clairement. Et Ueno s'approchant d'Aron :

- Il y a de la beauté dans ce qui est impermanent.

Puis :

- Je crois que j'arrive au meilleur moment de l'exposition.

134

J'ai demandé à Aron de faire jouer sa musique aborigène.

Ueno n'a pas commenté directement la qualité

L. Pritchard
1999

des œuvres. Je voyais cependant que tout ce qu'il disait illuminait le visage d'Aron.

Puis un long hululement venant de l'autre bout du monde s'est échappé de la chaîne stéréo. On aurait dit que les pièces avaient trouvé leur langue. «Angèle avait bien raison», a conclu Ueno alors que je sortais chercher des cafés au restaurant du coin.
- Non, pas de café. Tiens, m'a-t-il interrompue, en me tendant quelques billets de vingt dollars, prends les clés de mon camion et va trouver une bonne bouteille de champagne. Moi, je m'assois quelques minutes avant d'aider Aron à démanteler cette merveilleuse forêt rescapée des flots de la mortalité.

Je me rappelle encore le visage d'Aron. Radieux.

135

Quelle différence! Aron m'avait téléphoné assez tard le soir quelques semaines auparavant. Il était saoul. Sa voix le trahissait.
- Les critiques ont été négatives. Ce que je fais n'a pas de sens.

Et du même souffle balbutiant :
- Ils ne comprennent rien.

Je trouvais qu'il était hypersensible. Les commentaires n'avaient pas été si sévères. Grande incompréhension plutôt! Mais il est vrai que ce peut être aussi grave qu'un rejet.

Il alternait entre l'apitoiement et la colère.
- Personne ne m'a jamais compris. Toi, des fois. Ma sœur.

J'avais de la sympathie pour lui et en même

temps je trouvais ses pleurnichements absolument ridicules. Mais au-delà de ses clichés, je reconnaissais son mal.

Il voulait venir chez moi, voir quelqu'un, dormir... J'ai hésité.

-Bon, viens. Prends un taxi. Ne conduis pas.

136

Il a frappé à la porte. Quand je l'ai ouverte, il a tout de suite dit :

- J'ai bu.

J'ai hoché la tête.

- Bon. Entre. Viens t'asseoir.

Il titubait et s'appuyait sur moi.

- Viens t'étendre.

Il parlait de ses espoirs et de ses regrets dans un bredouillement presque incohérent.

En passant près de ma table de travail, il s'est arrêté pour chercher son équilibre.

- C'est quoi ça? a-t-il dit en essayant de fixer son regard en déplaçant la tête.

- Ce sont des poèmes d'Ueno Takami.

Croyant améliorer son état d'esprit, j'ai ajouté :

- Il veut voir ton exposition.

C'était vrai d'ailleurs.

- Il est parti en voyage. Il va revenir bientôt.

- Ce sera trop tard, a-t-il marmonné.

137

Eh bien non! il n'a pas été trop tard. Surtout qu'Ueno lui a dit qu'il connaissait bien un architecte

– il a dit cela en se tournant vers moi – au Japon, Tadao Ando, qui construisait un jardin dans l'esprit classique, mais moderne, qui serait certainement intéressé à ses œuvres.

Puis il nous a parlé un peu de Noguchi qu'il avait connu à New York.

- Noguchi aussi a construit des jardins. Le jardin est une sculpture. Une sculpture en mouvement.

- Comme les mobiles de Calder, a dit Aron.

- Pas tout à fait. Le jardin est une sculpture en état de mouvement, a-t-il précisé, aussi énigmatique que toujours.

138

Ce soir-là, j'ai invité Ueno à coucher chez moi. Avec mon bocal de poisson, mes bougies et ma table à manuscrits.

C'était la première fois qu'il mettait les pieds dans mon appartement.

139

Quand je me suis réveillée au milieu de la nuit, il n'était plus à mes côtés.

J'ai aperçu une lueur venant du salon. Je me suis levée, me suis approchée discrètement. Il avait allumé une bougie et était penché, tout nu, au-dessus des quelques pages sur lesquelles j'avais travaillé.

- Une belle écriture, a-t-il dit sans détourner la tête. Des petites traces à la frontière du Rien... Ça avance. Ça avance, a-t-il poursuivi avec satisfaction.

Puis se retournant vers moi :
- Demain matin, nous irons danser.
Comme je restais perplexe :
- Le *tai-chi*. Au Central Park.
- Il y aura des jets d'eau?
- J'en suis convaincu.

140

J'hésite à dire qu'à ce moment-là il bandait comme un chevreuil.

J'ai été longtemps sans arriver à m'expliquer comment il pouvait être à la fois si spirituel et si érotique.

J'imagine que c'était tout naturel chez lui.

141

Son pénis durci n'était pas particulièrement long, il avait l'apparence d'un nerf de bœuf, presque noueux au toucher. Comme un vieux chêne, disait-il.
- C'est un poème classique de la nouvelle littérature japonaise. C'est là tout le poème. Un seul vers : «Comme un vieux chêne».
- Une comparaison avec quoi? Avec rien?
- Voilà sa beauté. Il y a bien sûr des foules de références anciennes imaginables. Mais ce vers demeure mystérieux, puissant, enraciné dans l'indicible. Et malgré toutes les références passées et ses interprétations possibles, c'est l'actualité du chêne qui domine. Ce vieux chêne est toujours présent. Au fond, malgré sa symbolique évidente, c'est une ouverture.

Il aimait bien que je le touche. Il m'a appris que lorsqu'on caresse avec les dents, il faut faire un retournement d'esprit et imaginer que c'est le pénis qui est comme les doigts posés sur l'ivoire du piano.

143

Lorsque nous faisions l'amour, il voulait que ce soit moi qui m'assoie sur lui. Il aimait me voir dans cette posture.
- Viens, ma petite grenouille, disait-il.

144

Ueno pouvait parfois paraître insondable. Mais il était peut-être avant tout excentrique.

Par exemple, il avait un côté que je qualifierais de romantique.

Je me rappelle bien ce premier soir où je suis entrée dans sa chambre à coucher. Il y avait là une atmosphère de mansarde. Des poutres de bois, mais aussi quelques miroirs qui reflétaient les bougies et les lampions qu'il avait allumés. La fenêtre était ouverte, un vent frais entrait, secouait la dentelle des rideaux et faisait couler la cire des bougies. Je m'attendais à ce qu'un orgue se mette à jouer.

Je dois dire que la lueur de ces flammes était enjôleuse, l'air excitant.

Il y avait même une petite toile qui au début me semblait plutôt dévergondée, que je suis arrivée à

connaître au cours des mois qui ont suivi. C'était une reproduction de *L'Origine du monde* de Courbet.
- C'est là que je prie, a-t-il dit.

145

Et il m'a récité en japonais un merveilleux poème intitulé *Le Sexe de la femme*, composé par Ikkyu, un vieux moine, a-t-il tenu à préciser :

C'est la bouche originelle, mais elle demeure coite;
Elle est entourée d'un magnifique mont de poils.
On peut s'y perdre complètement.
Mais c'est aussi le lieu de naissance de tous les
*   Bouddhas des dix mille mondes.*

Puis nous avons passé la soirée en oraisons, en ablutions et en diligence de tous genres.
- Quel merveilleux bassin, ne cessait-il de répéter.
Et je riais.

146

Je me suis réveillée en pleine nuit au son de la cire qui crépitait sur les plaques de métal où il avait déposé les bougies pour éviter l'incendie. J'ai observé avec une grande tendresse ces espèces de stalagmites qui s'éteignaient. Je me suis levée pour aller respirer à la fenêtre. Il faisait une grande nuit noire. Je ne voyais pas le ciel. J'entendais le bruit varié que faisait le vent. Il faisait froid dans la chambre, j'étais bien et je me suis sentie bénie. Puis je suis retournée me coucher.
Je n'ai jamais été mélancolique en faisant

l'amour avec Ueno, ni avant, ni pendant, ni après. Jamais. Et je ne me suis plus couchée devant la cheminée tout au cours des visites que j'ai effectuées du printemps à l'hiver de cette année-là, sauf une fois, la dernière nuit – je ne savais pas que ça allait être la dernière. Il faisait une tempête de neige incroyable. Menaçante et magnifique à la fois.

147

On n'aime pas toujours l'hiver, mais quand il revient à l'improviste, au printemps par exemple, c'est un charme. On sait que ça ne va pas durer.
- D'ailleurs, l'hiver, disait Ueno, ce n'est qu'un impromptu qui se fait trop d'habitudes.

Je me souviens que le dimanche de ma première visite au début du printemps, nous nous sommes réveillés pour regarder la neige tomber. L'air était frisquet; on sentait toutefois que cela n'allait pas durer. Par la baie vitrée, on voyait les oiseaux se délecter, semblait-il, dans les branches ou dans les mangeoires, ou encore au sol où des graines étaient tombées.

La neige était tachetée de gros-becs de couleur jaune, quelques-uns noir et blanc à la poitrine rose. J'en avais vu le premier jour, au crépuscule, avec des becs-croisés rouges, des geais bleus, et gris, mais aujourd'hui, dans la neige, tout semblait intensifié.

Nous avons préparé un café bien fort que nous avons emporté avec nous pour faire une petite randonnée.

L'air était frais et tendre à la fois. Les flocons lourds et épais. Nous portions des tricots et des imperméables tant la neige était mouillée. J'ai eu l'occasion de porter mes bottes de travail, comme Ueno.

Il a dit :

- Je vais fumer un cigare.
- Si tôt le matin?
- Ça me semble l'occasion. Le temps d'une grande réflexion naturelle.
- C'est quoi ça?
- Une réflexion sans pensée.

148

Au cours de notre marche sur sa propriété, au bord du lac, et en remontant dans la forêt de trembles et de conifères, j'ai pu voir des pics maculés et des pics flamboyants, et même un grand pic qu'il a identifié pour moi.

Il était encore tôt le matin, et j'ai entendu – je ne sais si c'est normal le jour – un bel et étrange hululement.

- C'est une chouette cendrée, la plus grande de l'espèce en Amérique du Nord. Le symbole de Minerve, a continué Ueno, et en l'occurrence un très bon signe.

Il en a parlé longuement, et les ronds de fumée qu'il tirait de son cigare avaient l'apparence de ces oiseaux.

Ce dont je me souviens surtout, c'étaient les mésanges que nous avons vues; une surtout dont le chant «ki-è-tu-tutu» semblait poser une question.

Comme s'il sondait mes pensées, ou peut-être ne continuait-il qu'à parler de Minerve ou de son

cigare, Ueno a dit, faisant irruption dans ma propre rêverie :

- Ne rien faire et laisser sa vraie nature apparaître.

149

Je ne sais pourquoi, aujourd'hui, tout se bouscule si rapidement en moi.

- Va à l'essentiel. Ou au détail, disait-il. Chaque chose a son rythme. Tu vas entrer en architecture. C'est une question d'équilibre, non pas technique, mais spirituel, tu entends? L'ensemble des masses, ce n'est pas une géométrie, plutôt une indulgence parfaite et naturelle. Tout commence, tout finit.

150

À un moment donné, au cours de cette randonnée dans la neige printanière, je l'ai entendu tousser, et je l'ai vu cracher du sang, et des taches rouges, carmin, se déposer sur le sol blanc.

- Qu'as-tu? ai-je dit bouleversée.
- Je vais mourir.

Mystérieux, il était aussi direct.

- Mais non!
- Mais oui.

Je pensais alors que c'était une évidence zen qu'il offrait; et au cours des mois subséquents, en raison de son entrain et de sa vitalité, que sa vie allait tout de même se prolonger plusieurs années.

- Qu'as-tu? ai-je répété.
- C'est une maladie de famille. Les Takami ont une

grande descendance, cependant nous mourons tous vers cet âge.

Il avait soixante-quatre ans.

151

Sitôt après, je lui ai parlé de son recueil de poèmes.

- Tu as choisi le titre, *L'Étang du soir*, parce que tu penses que ce sera ton dernier livre. C'est pourquoi j'y sens une couche d'amertume, de tristesse.
- Ça, c'est ta nature, a-t-il répliqué.

Puis :
- La tristesse est la condition ineffable de l'univers. Pourtant nous sommes appelés à être heureux. Nous sommes des êtres de joie. C'est là que réside la contradiction des apparences.

152

Bien des années plus tard, alors que dans un sentiment de bienheureuse mélancolie, je revoyais ses poèmes que j'avais chaleureusement conservés pour les compléter, je suis tombée sur un vers de Baudelaire qui m'a beaucoup aidée à résoudre des problèmes de traduction : «Mais la tristesse monte en moi comme la mer.»

Je me suis demandé au début : La mer est-elle triste? Et l'étang est-il sombre?

153

Cet été et cet automne-là, je me suis rendue plusieurs fois à Thompson en car. Ueno me reconduisait souvent le dimanche soir. Il passait une journée ou deux à Winnipeg pour affaires, ou pour ses classes. Et sauf exception, nous avions pris l'habitude de sortir le lundi soir, et il passait la nuit chez moi.

Ces voyages vers Thompson n'étaient pas tout à fait un pèlerinage ou même une odyssée, c'était, comment dirais-je, une aventure sans but.

154

Je me souviens, bien sûr, très clairement du moment où je le lui ai dit. C'était au fond très simple. J'étais partie tôt le vendredi matin pour Thompson, comme je l'avais fait souvent au cours des derniers mois. Mes vendredis après-midi passés avec Sara étaient de plus en plus espacés. Mais elle ne m'en voulait pas. Elle comprenait. Frank me taquinait un peu. Il disait :
- Tu vas goûter ailleurs maintenant. Tu as trouvé meilleure fontaine où boire? Allez, va, *in vino veritas*.
Et il m'embrassait sur les deux joues.

155

Alors j'étais dans ce car en route pour Thompson. J'avais emporté avec moi, pour la première fois, l'exemplaire de *L'Étang du soir* qu'Ueno m'avait donné. Il l'avait dédicacé : À ma petite grenouille. Et avait fait un dessin rapide d'une grenouille accroupie près de sa signature.

Il n'y avait pas eu de lancement. Presque tout le tirage avait été réservé à des collectionneurs.

Voici ce dont je me souviens. Je relisais, une fois de plus, les poèmes. Je ne sais plus si je les lisais ou si je les voyais entièrement sur le coup, tant ils étaient imprimés dans ma mémoire. Et ceci surtout. Les dessins. Ces frottements. Il me semblait que ce mur de sapins, où la neige était déjà épaisse, passait dans la fenêtre en créant un effet semblable aux gravures sur bois. Il y avait cette espèce de frémissement du bois et cet espacement blanc qu'étalait la neige.

Je sais qu'Ueno aimait bien faire ce voyage et je crois qu'il avait été sensible à cette inspiration. Ces gravures sur l'espace de la page étaient tout simplement un petit quelque chose de plus. Une trace. Un bruissement visuel. L'apparition singulière de l'indéfinissable. J'étais bien heureuse.

156

Je me rappelle aussi que j'avais voulu au cours de l'été donner quelque chose à Ueno pour lui témoigner mon affection et le remercier d'une foule de choses. J'ai fait un collage composé de fleurs sauvages, que j'avais cueillies et pressées entre les pages d'un livre, et d'un morceau d'écorce que j'avais ramassé au cours d'une de nos promenades et sur lequel j'ai écrit à l'encre de Chine avec un pinceau – je m'essayais, c'était rudimentaire, mais sincère et intense – les mots de ce chant qui remontait à mon enfance :

Les eaux sont calmes
le brouillard s'élève
parfois
j'apparais.

Ueno s'était extasié avec une espèce de contenance parfaite. Et il a voulu en savoir davantage. Je lui ai dit que je croyais que c'était un chant chippewan que mon père récitait, je ne sais plus dans quelles circonstances.

157

J'ai pris un grand plaisir à cette petite œuvre, et tout a semblé se composer avec la plus grande facilité.

J'avais quelquefois vu Ueno travailler à un dessin. Il allait vite mais ne se pressait pas. Il n'y avait pas de frénésie d'accélération ou d'énergie retombée; comme si la lenteur arrivait à point. Chaque geste était impeccable. On aurait dit une danse de musique.

Il avait expliqué que lorsqu'on atteint une vitesse parfaite, il n'y a plus de temps. On entre dans l'infini.

Et pour bien me faire comprendre que ce n'est pas une question de rapidité, ou de lenteur, ou encore de contrôle raisonné, il m'a parlé de Wang Mo, un peintre chinois qui, disait-il, avait le cœur de Jackson Pollock.

Apparemment, Wang Mo était renommé pour ses beuveries et il commençait rarement une œuvre sans être ivre. C'était alors une fête. Il chantait, il dansait, il riait, il gesticulait tout en peignant. Il était reconnu pour cette technique dite de «l'encre éclaboussée». Avec ses pinceaux ou tout aussi souvent avec les longues nattes de sa chevelure qu'il trempait dans l'encre, il faisait surgir des paysages magiques comme s'ils émanaient directement du Tao.

On dit que l'œuvre composée était si parfaite qu'on oubliait les traces d'encre et qu'on croyait voir dans le grand Vide.

158

Ueno était venu me prendre sur la grand-route où le car de Thompson m'avait déposée. Et là, nous arrivions chez lui. Il a arrêté sa vieille navette spatiale, toujours en aussi splendide désordre, sur le petit plateau d'où l'on apercevait sa cabane et derrière, encerclée par les arbres, la nappe toute blanche de Setting Lake qui rougeoyait légèrement grâce au soleil couchant qui traversait par le pont des nuages.

Alors je lui ai dit : «Ueno, je suis enceinte.»

159

Pour m'expliquer là-dessus, je dois revenir en arrière. Quand nous avons fait l'amour la première fois – et par la suite –, il n'a pas voulu mettre de préservatif. Il m'a dit :

- Tu sais, avec la vie que je mène, je ne fais pas l'amour à de mauvaises herbes. Je ne sème pas à tout vent, et l'Esprit ne m'envoie pas d'ivraie.

Voilà le sentiment qui m'habite quand je parle d'une aventure sans but, je pourrais dire une aventure immaculée.

Mais j'étais alors un peu inquiète, pour une autre raison.

- Ueno, je ne prends pas la pilule.

J'avais cessé de prendre la pilule quand j'avais

rompu avec Aron et je m'en étais remise, à l'occasion, au condom.

- Oh! tu sais, à mon âge, avec ma condition physique, je ne crois pas qu'il y ait suffisamment de mouches à feu pour franchir le barrage des bouddhas. Ce serait là, non pas un miracle, mais un agrément insoupçonné, impeccable et incontournable de l'univers.

- ...

- Mais si tu as des craintes... avait-il laissé entendre.

Je ne sais pas pourquoi, mais j'ai dit :

- Non. D'accord.

La dernière date inscrite sur sa pauvre liste remontait déjà à près de deux ans.

Aujourd'hui je ne peux m'empêcher de sourire quand je songe à la «pauvreté» de cette liste et à la richesse de ses ébats.

160

Il avait une grande confiance dans l'univers, alors je lui ai demandé une fois comment un être «spirituel» pouvait avoir des désirs, ou des maladies, et quoi encore.

- C'est la vie, a-t-il répondu tout simplement. Où veux-tu que l'être soi-disant illuminé vive sinon dans la vie? L'illumination n'est pas un détachement; c'est un arrachement à l'illusion et un embrassement de la vie.

- Ah oui! ai-je reconnu, «promener son singe».

Il m'a fait un clin d'œil.

- Tu devrais lire la vie d'Ikkyu. Sa liaison avec Lady Mori est légendaire, comme celle d'Abélard et d'Héloïse. Il s'appelait de son surnom «Nuage fou», et c'est le cas de le dire : c'était un sage qui faisait la pluie et le beau temps.

161

J'ai aimé toutes ces visites avec Ueno. J'aimais bien parler avec lui. Je ne sais pas s'il me disait les choses tout à fait comme je les raconte aujourd'hui. C'est ainsi que je m'en souviens. Et des grandes et petites choses que je pourrais dire d'Ueno Takami, ce sont celles-ci qu'il me plaît de raconter. Celles qui me viennent comme cela. Sans dessein. Circulant comme des pochettes d'énergie dans notre vie commune, ainsi que les molécules d'un atome.
- Les souvenirs, disait-il, sont comme un petit accrochage dans la déclinaison du vide; des croches dans la musique des sphères.

162

Alors je lui ai annoncé que j'étais enceinte. Ses yeux noirs – et j'ai compris alors l'expression «un charbon ardent» – semblaient briller plus ils s'approfondissaient; plus ils se vidaient, plus il y avait de la lumière. Et sur son visage osseux et basané s'est esquissé un merveilleux sourire, à la fois, il me semblait, incrédule et acquiesçant.

163

- Ah! a-t-il fait, tu as réussi à transcender l'absolu et établir la vie individuelle.
- Mais c'est tout naturel.

- Ce n'est pas de l'enfant dont je parle, mais de toi.

- ?

- Je vais te raconter une histoire. Celle de Kakua, le premier Japonais à étudier le zen en Chine. Il a reçu l'enseignement et vivait retiré sur une montagne, méditant constamment. Quand les gens du peuple venaient le trouver pour l'interroger sur le sens de la vie, il ne prononçait que quelques paroles puis se taisait. Ensuite il se retirait dans un coin encore plus reculé de la montagne. L'empereur du Japon entendit parler de Kakua et le fit mander de venir prêcher pour son édification et celle de ses sujets. Quand il se rendit à la Cour, Kakua se tint devant l'empereur en silence. Enfin il tira de sa robe une flûte et souffla une seule note. Puis saluant poliment, il partit, et on ne le vit plus.

164

Il s'est fait alors un vide en moi. Un grand vide clair.

- Comment allons-nous appeler l'enfant? ai-je demandé.

- Comment te sens-tu?

- Comme si c'était un garçon.

- Alors Isaake. Isaake Takami.

Il s'est mis à rire, comme jamais auparavant, et son rire résonne encore dans mon cœur comme le croassement du corbeau de la fin des temps.

TABLEAUX DE LORRAINE PRITCHARD

Techniques mixtes sur washi

Dans l'ordre :

Quad, 26 X 36 cm, 2000

L'intercession, 16 X 21,5 cm, 1999

Upper signal, 21 X 31 cm, 2000

Dialogue, 21 X 33 cm, 2000

Navigation, 21,5 X 36 cm, 1999

Émergence, 43 X 52 cm, 2000

Lorraine Pritchard est originaire de Carman au Manitoba. Elle a fait ses études en beaux-arts à l'Ontario College of Art, York University. Depuis 1986, Lorraine Pritchard se spécialise dans l'expérimentation et la composition avec papier japonais et dirige la boutique *Au papier japonais* à Montréal où elle réside. Ses oeuvres ont été exposées au Canada, en France, aux Pays-Bas, en Belgique ainsi qu'au Japon, au Musée du Papier de Kochi et à l'Ambassade du Canada à Tokyo.

DU MÊME AUTEUR

The Setting Lake Sun, traduction de « Le soleil du lac qui se couche »,
par S.E. Stewart, Signature Editions, Winnipeg, 2001.

Dess(e)ins, avec Tony Tascona, textes et dessins,
Ink Inc., Winnipeg, 1999.

Pièces à conviction, textes,
Ink Inc., Winnipeg, 1999.

Une si simple passion, roman,
Éditions du Blé, Saint-Boniface, 1997.

Les Fêtes de l'infini, poésie,
Éditions du Blé, Saint-Boniface, 1996.

Romans, (Tombeau, La disparate, Plage), réédition en un volume,
Éditions du Blé, Saint-Boniface, 1995.

Causer l'amour, poésie,
Éditions Saint-Germain des Prés, Paris, 1993.

Anthologie de la poésie franco-manitobaine,
Éditions du Blé, Saint-Boniface, 1990.

Montréal poésie, texte,
Éditions du Blé, Saint-Boniface, 1987.

L'incomparable, essai,
Éditions du Blé, Saint-Boniface, 1984.

Plage, roman,
Éditions du Blé, Saint-Boniface, 1984.

Extrait, texte,
Éditions des Plaines, Saint-Boniface, 1984.

Le livre des marges, poésie,
Éditions des Plaines, Saint-Boniface, 1981.

Oeuvre de la première mort, poésie,
Éditions du Blé, Saint-Boniface, 1978.

La disparate, roman,
Éditions du Jour, Montréal, 1975.

Tombeau, roman,
Canadian Publishers, Winnipeg, 1968.

Composé en caractère Hiroshige.

Imprimé sur les presses de
Rinella Printers Limited
à Saint-Boniface (Manitoba)
en avril 2001
pour le compte des
Éditions du Blé.